# 婚約破棄で捨てられ聖女の私の虐げられ実態が知らないところで新聞投稿されてたんだけど
## ～聖女投稿～

登場人物紹介
アイシャ
王家と契約し国のために
尽くしてきた聖女。
しかし冤罪で城から
追放される。
トオン
アイシャが
転がりこむことになる
宿屋兼古書店の店主。
出自に秘密が……？

ベルセルカ
王妃。アイシャの前の代の聖女でもあり、周囲から頼りにされている。
マルタ
王城で下女として働くトオンの母親。追放されたアイシャに宿屋を紹介する。
カズン
宿屋の客だが料理長同然の存在。とある目的があり、この国にやってきた。
アルター
国王。慈悲深い賢王であると、アイシャからさえも思われていたが……
ドロテア
クーツと相思相愛の公爵令嬢。アイシャのことを一方的に嫌っていた。
クーツ
アイシャの婚約者だった王太子。ドロテアと結ばれるためアイシャを罠に嵌める。

「偽りの聖女アイシャよ！　貴様は己が聖女であると偽ってこの国を魔物の脅威に晒《さら》した。そのような女を側に置くことは出来ぬ！　この場をもって貴様との婚約を破棄する！」

魔物の大侵攻《スタンピード》を食い止めた聖女アイシャは、見事国防の義務を果たし、疲労困憊で王都まで戻ってきた。しかし王城へ戻ってきた彼女を待ち受けていたのは、手厚いねぎらいではなく、婚約者でありこの国の王太子でもあるクーツからの非道な仕打ちだった。

（どういうことでしょう？　戦いに明け暮れて負傷している者も多いというのに、帰還するなりパーティーへの参加命令。そして壇上で罵倒されている私。……意味がわからない……）

国から褒賞を賜《たまわ》るにしても、帰還当日の今日ではないはずだ。

まずは身体を癒し、慰労会等の開催は後日ではないのか。

王城に到着するなり、外套を脱ぐ間もなく王城の広間に連れて来られた。そして聖女アイシャは壇上から指を突きつけられ、覚えのない罪で断罪されていた。

広間には王太子クーツと側近、取り巻きの令息や令嬢たち、王太子派の貴族たちが集まっている。

アイシャの味方の姿はほとんど無かった。

アイシャは円環《えんかん》大陸の西部にある小国、カーナ王国の平民出身の聖女だ。

真っ黒なオカッパ頭に、茶色の目。激務が続く日々で痩《や》せて小柄な体格。素朴な顔立ちだが十人いたら半分は可愛らしいと言うだろう。

七歳のとき、聖なる力を教会に見出され、カーナ王国僻地の村娘から聖女となった。

この国では、聖者や聖女は王族と婚姻を結ぶのが慣例である。アイシャも聖女認定された後から王太子クーツと婚約していた。

ところが今、どういうわけか婚約破棄されることになった。

「そもそも、王太子たる高貴な私が平民の女と婚姻を結ぶなどありえぬ！　見た目も性格も何もかも平凡な女が聖女ということも胡散臭《うさんくさ》いではないか！」

「…………」

散々な言われようだが、昔から王太子が自分を嫌っていることをアイシャは知っていた。

七歳のとき、自分が聖女であると判明して王城に連れて来られた。国王と王妃、そして王太子との顔合わせをしたその場で、アイシャと王太子クーツとの婚姻が決定したのだ。

彼はアイシャの顔を見るなり、がっかりしたような失望感を隠しもしなかった。

『これが私の婚約者になるのですか。いやだなあ』

そんな出会いが最初だったから、当然ながら聖女アイシャと王太子クーツの仲は深まりようがない。

「この女は聖女を騙《かた》る偽物だ！　よって私、王太子クーツはこの女から聖女の称号を剥奪し、王城から追放する！」

会場の広間からは大きな歓声が上がった。

「そして……私は新たな淑女との婚約をここに発表する！　こちらへ！」

深紅のドレスの裾を見事な振る舞いでさばきながら壇上に上がってゆくのは、クシマ公爵令嬢ドロテア。濃い金髪を巻き毛にした、青目の気の強そうな顔立ちの令嬢だ。いつもアイシャを一方的に敵視し嫌がらせを行っていた女性でもある。

「私は新たに、クシマ公爵令嬢ドロテアと婚約する。皆、未来の国母に盛大な拍手を！」

割れんばかりの拍手が鳴る。

「偽聖女アイシャは公爵令嬢ドロテアに数々の卑劣な嫌がらせを行っていた。このことからも、アイシャに聖女の資格がないことは明らかである！」

（いいえ、事実は逆です。嫌がらせをされていたのは私。すべてドロテア様がやっていて、私を貶《おと》しめていた）

アイシャは自分が罠に嵌《は》められたことに気づいたが、否定せず、かといって肯定もせず王太子クーツが唾を飛ばしながら自分を罵《ののし》るのを見ていた。

どれだけ王太子がアイシャを偽物と断罪しようとも、アイシャが聖女であるという事実は変わらない。なぜなら聖女とは、役職や資格のように権威が授けるものではないのだ。魔力を持つ人間のステータス欄に自然に現れる本人の資質であり能力、そして称号である。

（だから、王太子殿下。あなたが私から聖女の称号を〝剥奪〟などできないのです。私のステータス欄には〝聖女〟と表示され続けるでしょう）

このカーナ王国は、百年に一度の周期で魔物が大量発生する。聖女はその聖なる魔力で魔物を退《しりぞ》ける役目がある。だからこそ聖女は大切にされ、王族との婚約や婚姻でもって国で保護されるのだ。そして一度魔物の侵攻を食い止めれば、次の脅威は百年後までない。王国への危機さえ一度防ぎきってしまえば、極論をいえば聖女は不要なのだ。少なくともこの愚かな王太子はそのように考えたわけだ。

(ああ、王太子殿下。あなたはドロテア様と結ばれたいがために私を捨てるのですね)

聖女は世襲制ではない。血の繋がりがあっても子孫が聖者や聖女になるとは限らない。あくまでも、資質のある者が聖女になる。それもアイシャとの婚姻は無意味だと思った理由のひとつだろう。

聖女アイシャを守護するはずの王太子クーツは、彼女を捨てた。

王太子クーツの、聖女アイシャへの断罪はまだ続いている。

だが聖女を断罪するには理由がいる。そのための、この茶番のような断罪劇なのだろう。

だがもはや、アイシャは他人事のように悪意の塊のような侮辱と侮蔑を聞き流していた。

「偽聖女アイシャは王城から追放する。聖女として属していた教会からもだ！　衛兵、その罪人をこの城からつまみ出せ！」

両側から屈強な衛兵に腕を取られた。

「……聖女様、申し訳ありません」

「いいのよ。王太子殿下があれでは、あなたたちも逆らったら何をされるかわかりませんからね」

「本当に、申し訳ありません……っ」

小声で衛兵たちが耳元に謝罪を囁《ささや》いてくる。左側にいた男など、必死で唇を噛み締めて嗚咽を堪えているようだ。

そのまま、王城に与えられていた私室に戻ることも許されず、追放されることになった。

追放とはいえ、〝国外追放〟と指定されたわけでもない。王城に二度と入ることはできず、これまで聖女として与えられていた特権などもすべて取り上げられたということだろう。

実際、外套の下にまとっていた、聖女の特殊な聖衣《ローブ》も奪われてしまった。

「ううっ、聖女様は魔物から我々を守り通してくれたというのに……その働きに報《むく》いる恩賞も与えられぬまま放逐するなど、王太子殿下のお気は確かなのか……っ」

左右の衛兵たちが嘆いている。

結局、アイシャは着の身着のまま追放されることになった。

持ち出すことができた物は少ない。外套の懐に入れたままだった、聖女の証というブローチと、多少の金銭の入った布袋だけだった。

どこに王太子派の人間の目があるかわからない。衛兵二人が聖女に同情的な人物だったため、声を潜めながら状況を判断するだけの余裕が与えられたのは幸いだった。

「……追放するという話だったけれど、具体的にどこへ行け、などとは仰《おっしゃ》ってなかったわよね？」

「はい。本当に聖女様が罪人で追放刑に値したとしても、法務大臣による書面もなく断罪など本来はできないはずです」

王太子は派手な断罪劇というパフォーマンスを行うことによって、自分の派閥の貴族たちにアイシャを追放するという形を見せたかっただけなのだろう。

「ああ、王都に国王陛下たちさえいてくださったなら！」

国王はアイシャとは反対側の国境に出兵して、魔物の侵攻に対処していた。王都に帰還するまではまだ数日かかるだろう。

王妃はまだ幼い王子や王女を連れて、安全な地方に疎開していた。

彼らがいたなら、少なくとも聖女アイシャを断罪などという愚を許しはしなかったはずだった。


衛兵に形ばかり両腕を取られ、アイシャは王城の中、出口に向かう回廊を歩いていた。

文官や武官といった官僚たち、侍女や侍従、多数の使用人たちの反応は分かれている。

クーツ王太子と同じような冷たい侮蔑的な視線でアイシャを睨《にら》んでいる者たちと、同情的な顔の者たちだ。遠巻きに様子を伺《うかが》いながら涙ぐんで駆け寄ってこようとする者たちもいたが、同僚と思《おぼ》しき者たちに抑えられ引き止められていた。

「聖女様……っ」

(駄目よ。私のところに来てはいけない)

アイシャは王宮の女官の一人だった彼女と目を合わせて、そして小さく首を横に振った。

「あああ……！」

その意味を悟った女官は絶望したように崩れ落ち、咽《むせ》び泣いた。

この状況でアイシャに関わると、その者の身が危ない。

（それにしても、具体的にどこからどこへ追放されるか明らかにしてほしかった。王太子殿下としては目障りな私を王城から追い出したかっただけ、か）

衛兵たちはアイシャに気を遣って、ことさらゆっくりと歩いてくれていた。

それでも十数分後、アイシャたちは王城を出て、城下町へと続く裏門まで辿り着く。

裏門の見張り番の兵士たちも沈痛な面持ちでアイシャを待っていた。

彼らと最後の別れを交わしていると、王城の使用人棟のほうから一人の年老いた下女が小走りに追いかけてきた。

「もし、もし聖女様、お待ちくださいまし……！」

アイシャの顔見知りの下女だ。王城内の庭園で枯れた枝や草などを片付ける仕事をしている。アイシャが庭園で花を愛でているとき、よく控えめに挨拶に来てくれて、他愛ない話をしていた老婆である。背はそう高くないが、身体つきががっしりとしていて、特に腰回りが大きい。健康な子供を五人も産んだことが自慢なのだと言って、皺の多い顔でよく笑っていた。

「おばあさん。いけません、もう私に話しかけてはなりませんよ」

「いえ、いいえ、聖女様。どうしても貴女に最後にお会いしたかったのです。年寄りの最後の願いです、本当にそれだけなのです」

衛兵や裏門の見張り番たちは下女を追い立てるようなことはなく、黙って様子を見守ってくれていた。

「大功績のある偉大な聖女様を追い出すとは、王太子殿下も非道なことをなさいまするな」

「おばあさん。駄目よ。言ってはいけない」

「はい、はい、わかっておりまする。年寄りは話が長く、どうでもいいことを口走る生き物なのです。お許しくださいまし」

下女は腕の中に小さな取っ手付きの籠を抱えていた。

中には白いハンカチに包まれた焼き菓子が入っている。

「残り物で申し訳のうございますが、焼き菓子と、アイシャ様のお年でも飲める度の低いぶどう酒の小瓶を入れてありまする。この裏門を出たら、どうか一口だけでもすぐ召し上がってくださいましね」

「おばあさん、でも……」

アイシャは衛兵たちを見た。彼らは少し考えて、首を横に振る。

「……我らは何も見ておりません」

「下女ひとりが罪人を哀れんで菓子を恵《めぐ》んだだけのこと。咎《とが》めるほどのことでもありませんから」

「……ありがとう」

礼を言い、籠を受け取った。ぶどう酒の小瓶が入っていると言っていただけに、持つとずっしりと重い。

「あまり長居はしないほうがいいでしょう。……さようなら、皆さん」

「聖女様……！」

衛兵や見張り番たちが敬礼する。それも国の兵士としての最敬礼を。

「我ら皆、魔物の脅威から救っていただいた聖女様の御恩を決して忘れません。……お元気で！」

アイシャが裏門を出て歩き出し、見送ってくれた衛兵や門番たちが見えなくなった頃。

街道の端に立ち止まり、渡された籠の中身を覗いてみた。

刺繍のある白いハンカチに包まれた中身は、下女が言っていたように、ぶどう酒の小瓶が一本。残りの隙間にクッキーが詰まっている。

そして端に、一枚の紙切れが挟まっていた。

『王都の外れ、南地区の古書店に息子がおります。赤いレンガの古い建物です、すぐわかります。安い宿屋を兼業しております。息子は役に立ちます、どうかお立ち寄りください』

くう、と小さくアイシャの腹が鳴った。アイシャはこの国を出るつもりだったが、籠の中のクッキーとぶどう酒を見て、自分が空腹だったことを思い出した。

魔物と戦い、退《しりぞ》け、すぐ報告せねばと思っていたから戦場からすぐ王都へ帰還していたのだ。

「最後にものを食べたのは……あはは、昨日の朝だ」

その後は水分を取るぐらいで、今日の夕方王都に到着するまで馬で駆けっぱなしだった。

「うん、ひとまずこの古書店に行ってみよう」

王都の外れ、南地区までは、王城のあるここ中央地区から徒歩で一時間と少し。

もうとっくに日も暮れていたが、星も月もある。人目を避けた裏道を通りながらでも充分辿り着けるだろう。

「あ。おいしい」

一口大の丸いクッキーは干し葡萄と砕いたナッツ入りだった。少ししっとりとしていて、優しい味がする。

何も報いられることなく、聖女の地位も名誉も奪われたアイシャに、その甘い菓子はこの上なく染みた。


それから徒歩で一時間半ほど歩いた頃、目的の場所に着いた。

王都の南地区は王城への大通りのある中央地区ほどの活気はないが、商店街や住宅、飲食店や商会など生活に必要なものは大抵揃っている。

目的の古書店は、まさに外れの場所、王都の外壁近くにぽつんと建っている。紙切れに書かれていたように、赤レンガの古い建物だ。二階建てで、一階は入り口上に横看板で古書店とある。特に宿屋との表記はないが、他に赤レンガの建物は見当たらないからここで間違いないだろう。

「あの、マルタさんに紹介されて来たのですが、泊まれますか？」

「えっ、お袋の？」

建物に入ると、古書店の清算所に座って本を読んでいた若者が驚いたように顔を上げた。

「……え？」

その若者は簡素な平民の服を着て、左手首には革ベルトの腕時計。少し無精をしているのか前髪が長い。

母親の下女の白髪混じりの茶色い髪と違って、若者の髪は金色だった。だが前髪の隙間から覗く瞳の色は、同じ蛍石の薄い緑色。

（この方のお顔、どこかで……）

鼻や口元の形に、既視感がある。

「いらっしゃい、お袋の紹介って珍しいね。最近会ってないんだけど、うちのお袋元気だった？」

「え、ええ。それはもう、さっきも親切にしていただいたんですよ。ほら、お菓子と飲み物まで」

下女にもらった菓子入りの籠を見せる。ついでに、中に入っていた紙切れも渡して見せることにした。店主らしき若者はその書き付けを見ると、少し難しい顔をしたが、すぐ笑顔になってアイシャに笑いかけた。

「訳ありなんだね、お嬢さん。部屋はすぐ準備できるよ」

人の良さそうな古書店の店主の若者は、トオンと名乗った。

年は二十代に入ったばかりといったところだろうか。まだ十六のアイシャよりは年上だ。

「ここはお袋が昔、お城のお偉いさんに貰った建物でね。親父が死んでから俺が古書店を始めてまだ数年ってところ。素泊まり一日小銀貨一枚。食事は一食につき銅貨一枚だけど、お袋の紹介だからサービスするよ」

それが相場よりかなり安いことはアイシャもわかった。中央地区の宿屋なら休憩もできない金額だろう。

アイシャの数少ない手持ちの資金でも、それなら一ヶ月はもちそうだ。

二階建ての建物の一階は古書店で、奥に店主の部屋、小さな厨房と食堂がある。宿の客は食堂で食事を取ることができる。二階の宿はワンルームが四室。廊下を挟んで二部屋ずつある。手洗い場とバスルームは共同。古い安宿だが連泊でも定期的に清掃が入るようで、宿泊客がやる必要はない。

アイシャは一番奥の廊下を挟んで右側の部屋だった。

二階の宿には先客が一人だけ。カズンという名の黒髪黒目、端正な顔立ちで中肉中背の二十代前半の若者だった。彼の部屋は階段を上がってすぐ左側、女性のアイシャとは離れていた。

二階のシャワーで汚れを落とした後、そのカズンに声をかけられ、一階の食堂へ来るよう言われる。

「簡単に食べられるものを用意しておくから、準備ができたら降りてくるといい」

木のテーブルの上に出されたのは、茹《ゆ》で卵とチーズを挟んだサンドイッチと、野菜入りのミルクスープだ。彼も宿泊客のようだが、店主トオンの許可を貰って宿泊中は調理を担当しているのだという。

「美味しい……まさか今日、こんな美味しいものが食べられるだなんて」

疲れきった心と身体に、その優しい味と温かさは染《し》み渡った。

「さあ、今晩はもうぶどう酒を飲んで休むといい。明日のご飯も用意しておくから。詳しい事情は明日聞かせて」

トオンはその場でアイシャから話を聞き出そうとはしなかった。

裏門で下女に貰ったぶどう酒の小瓶は、カップ一杯分ほど。酒とはいえ、まだ十六歳のアイシャでも飲める、アルコール分のほとんどないジュースのようなものだ。

この国では子供でも飲める安い酒だが、普段、魔力が鈍るからとほとんど飲ませてもらえなかったアイシャには天上の甘露の如くだ。一瓶飲み終えると、身体がぽかぽかとする。

「はい……ご迷惑をおかけしますが、しばらくお世話になります……ね……」

ぶどう酒を飲み干し、少し経つと木の匙を持ったままアイシャは眠りに落ちていった。


「おっと、危ない」

トオンが木の匙《さじ》を取り上げ、椅子にアイシャをもたれかけさせる。

「その子、僕が部屋まで連れていこうか？」

「それでもいいけど、女の子の部屋に男が連れていくのはちょっと。少し休ませてから起こして自分で戻ってもらったほうがいい」

などと男たちが自分の食事をしながら会話していても、眠りに落ちたアイシャは目を覚ます様子がない。

「黒髪のオカッパ頭のまだ若い少女。教会の紋章入りの外套。彼女、この国の聖女で間違いないな？」

「……多分。でも聖女様は魔物に勝って凱旋したばかりのはずなのに、何でこんなところに来たんだろう……？」

ほとんど着の身着のままで、持っていたものは多少の小物と、トオンの母親の下女マルタが持たせた焼き菓子とぶどう酒の小瓶入りの籠だけ。

聖女アイシャが魔物の大侵攻《スタンピード》を退《しりぞ》け、王都に帰還したとの報が王都内を駆け巡ったのは、今日の午後のことだ。

それからまだ半日もたっていない夜半の今、国防の要《かなめ》であるはずの聖女がなぜか、こんな王都の外れの古い古書店を兼ねた安宿にいる。

何かが、おかしい。

アイシャはこれまで、自分が聖女であることを疑ったことはなかった。

能力的にも、自分の自覚としても、己が本物の聖女であると知っていた。

証拠は三つある。

聖女として邪悪な魔物を退《しりぞ》ける聖なる魔力を持ち、使えるということが、まずひとつ。

聖女であること、聖なる魔力を持つこと、どのような術が使えるかなども、人物鑑定スキルで鑑定できるステータスにはきちんと明記されている。それがふたつめ。

みっつめは、アイシャには王都に来て、このカーナ王国と教会から聖女認定された後、断続的に〝神の声〟が聞こえていたからだ。

その神は、こうして追放された後もアイシャに語りかけてくる。

『自分を苦しめた者たちを恨むことなく許せ』と。

だが、自分をこのような苦境に追い込んだ王太子とその取り巻きたちを、どのように許せばいいのか。どのようにすれば、恨まずにいられるのか。

（わかりません。神よ。それだけじゃ、私にはわからない）

宿の部屋はよく掃除され、布団のカバーやシーツなどもきちんと洗濯され糊《のり》がきいていて気持ちが良かった。そんなことを思いつつ、改めてアイシャはこれからのことを考える。

王城の広間で王太子クーツから追放を言い渡された時点で、アイシャはまず王都の塀の外に放り出される覚悟をしていた。ところが、実際には王城から追放されたのみで、拍子抜けしたものだ。

（クーツ王太子殿下は、顔は良いけど考えなしのところがある。このまま王都で潜伏して、出兵していた国王陛下が戻るまで待てば、事態は打開できるかしら……）

昨晩、店主トオンに食卓で起こされ、肩を借りて二階の部屋に戻り寝具の中に潜り込んでからも、夢うつつであれこれと考えていた。

だがアイシャは聖女であって、為政者ではない。魔力を使うことや魔物と戦うことには長《た》けていても、政治的なことには詳しくない。こんな事態も想定外だ。今の自分の考えが適切かどうかとなると自信がなかった。

本当なら凱旋した聖女アイシャには山ほどの恩賞と栄光が待っていたはずだった。

とはいえ、私欲のために使う気はなかった。聖女として国内を回る中で知った、貧困地域の救済など、聖女らしい活動の原資にしようと考えていた。

そんな計画も、すべて破綻してしまったけれど。

（まあいいや……もう今日は疲れた……）

＊＊＊

というような事情を翌朝、アイシャは一から十まで朝食の席でトオンとカズンに語った。

くたくたに煮込まれたベーコン入りの野菜スープに相好を崩しながら一通り自己紹介し終えて、食事しながら詳しい事情を話したのだ。

「このスープ、すごく美味しいです！　あっ、パスタまで入ってる？」

「ミネストローネというんだ。トマトを入れて、オリーブオイルで炒めた野菜をじっくり煮込む。ほら、パンもあるよ。ゆっくり食べるといい」

そう言って、厨房側にいたカズンがオリーブオイルの入った小皿を差し出してくる。カーナ王国はバターよりオリーブオイルのほうが安く手に入るので、庶民はパンや料理に使うことが多かった。

パンかごには平べったい円盤状のパンが格子状にカットされて山盛りに。表面にはハーブの葉と岩塩の粒が散らされている。

「わあ、一階からいい匂いがすると思ったら、これだったんですね、ローズマリー入りのパン？」

「これは美味いよ、俺も好きなんだ。ほら、ちょっとだけオリーブオイル付けて……」

トオンが勧めるままパン、フォカッチャの端をちょんと薄い緑色のオリーブオイルに付けて口に運ぶ。

途端、口の中いっぱいに広がるオリーブオイルのかすかな苦味とローズマリーの爽やかな香味。

「……美味しいです、朝から焼き立てパンが食べられるなんて……！」

正直アイシャは泣きそうだった。

言われのない罪で偽聖女と侮辱され、自分の今後が真っ暗になったと思ったら、なぜかまだ王都にいて美味しい食事を堪能している。この幸運を神に感謝した。

「それで、聖女アイシャ。君はこの後どうするんだ？」

食後、白湯《さゆ》の入ったカップを渡されて、カズンからそう聞かれた。

「そう、ですね……。今は自分でも、何をどうしたらいいのかわかりません。ただ、ちょっと危ないかもしれません」

「危ない？」

こちらはふーふー熱いカップに息を吹きかけながら、白湯《さゆ》をすすっていたトオンだ。

「……はい。私は追放されても腐っても〝聖女〟です。なのに、油断すると彼らを呪ってしまいそうで、この衝動を抑えるのが苦しくて……」

「「えええええっ⁉」」

まさかの告白に、トオンもカズンも食卓で飛び上がらんばかりに驚いた。

「まさかの展開に、私自身、荒れ狂う感情をどう抑えればいいのか……お世話になるトオンさんやここに被害は出さないよう気をつけます。でもいよいよ危なくなったら出ていきますから、安心してください」

「いや待って、その言葉のどこに安心できる要素があるの⁉」

トオンは慌てて席から立ち上がるが、苦笑したカズンに横から宥《なだ》められ、また椅子に座り直した。

「まあ、そう慌てることはないさ、トオン。……聖女アイシャ。君の事情は理解した。そういう事情なら、君はしばらくこの建物から出ないほうがいい」

「はい。実際、まだ魔物との戦闘の疲労や魔力消耗が癒えていないので、ここで休めるなら助かります」

事情を聞いたトオンも、アイシャが外に出ないことには賛成した。

「アイシャ様。あなたのことはお袋から聞いてましたよ。城の下女でしかない自分にも優しくしてくれた素敵な聖女様だったって、何度も何度も。あなたのおかげで、取るに足らない一庶民でしかない俺もずっと守られていた。国民は皆そう思ってます」

「まあ。そんな大袈裟よ」

「大袈裟じゃないです！　あなたがいなければ、こんな小国、魔物に喰われて一瞬で終わってた！　……ご恩を返させてください。いくらでも、ずっとでも泊まっていってください。お願いします！」

深く頭を下げてきたトオンに、アイシャは不思議そうな顔になった。

(城では王太子殿下や周囲の人たちは私に頭なんて下げなかったから、すごく新鮮)

くす、とアイシャは小さく笑った。

「頭を上げてください、トオンさん。それに、そんな丁寧な言葉遣いされたら居心地が悪いわ。名前も様なんて付けないでそのまま呼んで欲しいな。私だって身分はただの平民だし、マルタさんの息子さんなら、私にとっても友人だもの」

「え……母を……俺を、友人と呼んで下さるのですか？」

「そうよ？　マルタさんはあの王城の中で、私の数少ないお友達だったの。マルタさんにはとても良くしてもらったわ。あなたも仲良くしてくれると嬉しい」

にっこり笑ったアイシャは、先ほどの呪い発言などなかったかのように無邪気だった。

「わ、わかりました……。…………………いえ、わかったよ、アイシャ」

「ええ、これからよろしくね。トオン。あ、カズンさんもね」


（おやおや）

とこちらも白湯《さゆ》をすすりながら、カズンは目の前の光景をまたたきしながら見ていた。

和《なご》やかに談笑し始めたアイシャとトオンは、それぞれの魔力が交流し始めている。

この世界で魔力は、生命力を含む人間が活用できるエネルギーの総称だ。それが交流しているということは、二人の相性はとても良いのだろう。

（にしても、聖女を追放する王太子、か。何という破滅フラグか）

黒髪黒目の青年カズンは、他国出身の魔術師だ。

彼がこのカーナ王国へやって来たのは、師匠筋からの依頼で、この国の聖女の調査をするためだった。

二週間ほど前に王都入りして情報を集めていたが、当の聖女は魔物の大侵攻《スタンピード》に対応するため郊外に出兵しており不在。路銀が心許なかったから安宿を探していたら、冒険者ギルドで南地区のこの古書店の二階の宿を紹介されたのだ。しばらくは近隣のダンジョンに潜ったり、王都周辺に出没する魔物を討伐したりして路銀を稼いでいた。

そうしたら昨日になって、目的の聖女本人が追放されて同じ宿屋にやって来るのだから、人生の偶然とはなかなか面白い。

「アイシャ。僕の親戚はメンタルが危なくなる前に、自分の気持ちを紙に書き出して整理する習慣を持っていたんだ。君も同じようにしてみたらどうだ？」

「紙に、ですか？」

カズンの脳裏に、しばらく帰れていない故郷の、自分と同じ黒髪黒目の青年の顔が思い浮かぶ。彼は元気でやっているだろうか。

「ああ、それはいいアイデアだ。ちょっと待ってて。古書店だからね、裏紙なら沢山あるよ」

トオンが食堂から出ていって、古書店のほうへ向かう。

すぐまた戻ってきた彼は、ぎっしり紙の束が詰まった大きな封筒を手に持っていた。

「チラシや回覧板の会報の裏紙で悪いんだけど、これならいくら使ってくれてもいいから」

封筒を受け取って中を見ると、トオンの言う通り、中の紙は表だけ印刷されたチラシや書類で、裏は無地だ。

「書くだけ書いて要らなくなったら、ぎゅーって丸めて一階の黒いゴミ箱まで捨てに来てくれる？

紙は分別して、まとまったら燃やして処分するよう決められているから」

「わかったわ、黒いゴミ箱ね」

「うん、精算所のカウンターの裏に置いてあるから、よろしくね」

この、トオンからの簡単な注意が、カーナ王国を轟《とどろ》かす大事件に発展していくきっかけとなる。


それから、アイシャは自分の泊まる部屋にこもって、自分を追放した者たちを呪いかねない、荒れ狂う感情を紙に書き出し始めた。

一通り書き出しては、ぎゅうううっと親の仇の如く固く丸めて、机の上に積み重ねていった。

書き出しては丸め、書き出しては丸めを繰り返す。

そして朝晩の食事のため階下の食堂に降りるとき、トオンに言われた通り丸めた紙を抱えて、古書店フロアの黒いゴミ箱の中へ捨てていった。


本来なら、アイシャの捨てた紙はそのまま週に一度まとめて、建物の裏庭で燃やして処分するはずだった。

ある程度、紙ゴミがまとまった時点でいつものように焚き火をおこそうとしたトオン。

だが、それに待ったをかけたのがカズンだ。

「彼女が自分でも言っていたように、アイシャは〝腐っても聖女〟だ。その彼女が感情を込めて全身全霊で書いたものを燃やすのは、ちょっと危ない」

万が一、燃やすことで余計な術、それも呪詛の類が発動してはならない。そう言って、ひとまずカズンはその丸められた紙をトオンの私室へと移動させた。アイシャは店主トオンの私的なスペースまでは入ってこないから、彼女がやってくる心配もいらない。

「カズン。君は魔術師だと言っていたね。何かアイシャの書いたものに変な魔力を感じ取ったのかい？」

「変かどうかはわからない。だが、何か魔力がこもっているのは確かだ」

「……それ、王太子たちへの恨みだろ？」

「そう単純なものでもない」

「えっ、ちょっとカズン!?」

トオンの私室にある小さな机の上に、丸められた紙を転がし、カズンはひとつずつ端からそれを広げていった。

「カズン！　人の捨てたものを見るのはいけない！」

「それも場合によりけりだ。……お、彼女なかなか几帳面だな。書いた日付とナンバリングまでしてある」

丁寧に紙を伸ばし、一枚一枚、日付ごと、ナンバリング順に重ねていく。

そして、書かれた内容を確認して嘆息した。

「……やはりな。トオン、読んでみろ。焼き捨てなくて良かったとわかるから」

手渡された皺くちゃの紙に目を通す。アイシャが書いた紙のうちのひとつだ。

「……これは……！」

慌てて、カズンが皺を伸ばしていた他の紙にも目を通す。

すべてを統合すると、そこには聖女アイシャが王城で虐《しいた》げられていた実態の、ほんのさわり部分が書き記されていたのだった。


アイシャが捨てた紙を拾い、中身を読んだトオンはその日一日、不機嫌だった。

「トオン、どうしたの？　何かあった？」

「うん、ちょっとね。アイシャは気にしないで」

食卓でも不機嫌な様子を隠しきれない彼を、アイシャは心配していた。

だがトオンは彼女にも、自分の不機嫌の理由を伝えることはしなかった。

そんなトオンも、翌日になると何かを決意した顔になった。いつもなら夕方まで開けているはずの古書店を陽が傾《かたむ》く前に閉めて、奥の私室へと引っ込んでいた。

「トオン、本当に大丈夫かしら」

「さあ、どうだろうな。僕は少し様子を見守ろうと思っている」

「もう、カズンったら！　今日の夕飯はなあに？」

「チキンスープと炒めライスだ。期待してていいぞ」

（カズンの飯は美味いからな……。…………いけない、集中しないと）

厨房から聞こえてくるそんな声を背景に、トオンは机で書き物をしていた。

アイシャの殴り書きのような、感情を叩きつけられた書き付けを、便箋に丁寧に清書していた。

そして別途、このような添え書きをした。

『これは虐《しいた》げられ、理不尽に追放された聖女が、自らの内面を整理するために書いた走り書きです。

私はこれらをゴミ箱の中から見つけました。

彼女の名誉のため、本人はこれらの文章を発表するつもりなど欠片もなかったことを保証します。

ただ、私が聖女の真実を国民の皆様に知って欲しかった。だから勝手に清書して、原文とともに新聞社へと送った。

受け取った新聞社がどう扱うかは自由です』

そうして送り主が匿名の手紙と、アイシャが書いた原本をまとめて、カーナ王国唯一の新聞社へと送ったのだった。

＊　＊　＊

匿名による聖女アイシャの走り書きを原本、清書と揃えて送られてきたカーナ王国新聞社は、その手紙を翌日の朝刊の特集記事として新聞に掲載した。書き付けの原文は、文字が判別できる程度の縮小をかけて、清書された文章はその画像と一緒に併せての掲載だった。

『聖女投稿』と題された特集記事は、カーナ王国新聞社始まって以来の大反響を巻き起こした。

どれほどの反響だったかといえば、一日一回、朝だけの日刊新聞なのに、それから長期に渡って繰り返し再発行されるほどだった。

聖女アイシャの走り書きは、清書も含めて体裁はそう整ったものではない。

文字通りの走り書きで読みにくかったが、購読者は夢中で全文を読んだ。

『円環大陸共通暦八〇六年二月四日、アイシャ
ある人が紙に書いて自分の気持ちを整理したほうがいいと助言してくれたので、貰った裏紙に書いていきます。紙はたくさんあるのでたくさん書ける。

私、アイシャが聖女になった経緯はこんな感じ……』

以降、簡単に聖女アイシャの経歴と業績が箇条書きされていく。

幼い頃、僻地の村で聖女の素質有りとして発見され、家族と離され王都へ連れてこられて、教会に所属する聖女となったことや、聖女の役割を果たすため過酷な修行を行い、聖なる魔力で魔物討伐に明け暮れる日々だったことなどをだ。

『聖女は王族と結婚する決まりだからと言われてクーツ王太子殿下と婚約しました。

そのとき殿下は「これが私の婚約者なのはいやだ」と仰《おつしや》った。

私だって初対面でそんなこと言ってくる男は嫌だと思ったけど、相手は王子様だから文句は言えなかった。

殿下は私が平民であることが気に入らなかったようで、その後も態度が悪く、いつも顔を合わせれば罵倒してくるばかり。辛かった』

国民を驚愕させたのは、この後からだ。

『私には、聖女としての手当ての他、王太子の婚約者となってからは未来の王太子妃に対する毎月の支度金が給付されていた。

けれどそのほとんどをクーツ王太子殿下に奪われ、私には自分の自由になるお金がほとんどなく、非常に困らされた。奪われたお金は、王太子殿下と彼の取り巻きたちの遊び代に使われたらしい。

殿下が直接私にそう仰《おっしゃ》った。

「お前のような平民に多くの金は必要ない、だから私が有効に使ってやるのだ」だそう。

使えるはずの自分の予算を使えなかったため、私は満足に身だしなみを整えることもできなかった。辛うじて庶民が着る素朴な衣服は買えたのだけど、その服を着た私を見たクーツ王太子殿下たちにまた馬鹿にされるという悪循環だった』

聖女アイシャが素朴で簡素な衣服を好んで着ていることを、彼女が視察に出た先で会う国民たちは皆知っていた。

それは彼女が聖女らしい清貧を貫いているからだと、誰もが思い込んでいた。

違ったのか。それはただ王太子による暴挙で予算を奪われた聖女アイシャが、苦労してようやく手に入れた最低限の装いに過ぎなかったというのか。

『こんなこと、長く続くはずがないと思ってた。

すぐに周りが気づいて、クーツ王太子殿下の行為を止めてくれるものだと。

だけど、私には聖女として活動するための専用の装束や装備だけは現物を直接、教会から支給されていた。

これが良くなかったのだと思う。

聖女の装束や装備姿のときだけお会いする国王陛下や王妃殿下、国の重鎮たち、司祭様、教会関係者たち。彼らになかなか、私の苦しめられている実態が伝わらなかったのは、そのためだった』

『やがてクーツ王太子殿下は、クシマ公爵令嬢ドロテア様と恋に落ちた。

なぜ私がそれを知っているかというと、王太子殿下が自慢げに私に伝えに来たからだ。

この頃から既に、彼の中では私は婚約者でも何でもなかったのだと思う。

それだけならまだしも、ドロテア様からは執拗に、クーツ王太子殿下と別れるよう詰め寄られていた。

別れるも何も、私と殿下とは政略による婚約が結ばれているだけだ。それに婚約は王命のため、平民出身で政治的な力のない私の意思では多分どうにもならなかった。

すると、ドロテア様からは陰湿なイジメを受けるようになった』

新聞記事『聖女投稿』を見て泡を食ったのが、国王夫妻だ。

聖女アイシャが魔物の大侵攻《スタンピード》を食い止めたとの報告を受けて、別働隊を率いていたアルター国王も、地方に疎開していたベルセルカ王妃と幼い王子、王女たちも王都に戻ってきていた。

しかし、新聞に書かれていた内容は、息子のクーツ王太子から聞いていた話とまるで違う。クーツ王太子からは、聖女は平民出身でありながら高位貴族の公爵令嬢を侮辱し虐待していたことが判明したため糾弾したと聞かされていた。少なくとも本人はそう主張していた。

急に消えた聖女に驚き混乱していた教会も、新聞記事を見て驚愕に震えた。

クーツ王太子からは、聖女アイシャは役目を終えてこの国にもう自分は必要ないと判断して出て行ったのだと説明されていた。しかし普段の聖女アイシャを知る教会関係者たちは不審に思い、これから本格的な調査に入ろうとしていたところだった。

とんでもないことだ。卑劣で唾棄すべき言いがかりで、聖女を一方的に追放したのではないか。

新聞記事を読んだ国民も激怒した。

自分たちを魔物の脅威から護ってくれた偉大な聖女様に何て仕打ちをしたのかと。

それに国民の大多数は平民だ。その平民出身者の聖女を虐《しいた》げたクーツ王太子と不貞相手の公爵令嬢ドロテアには批判が殺到した。街角では、件の新聞片手にこんな会話がそこかしこで交わされるようになった。

「オレたちの聖女様に何て仕打ちをしやがったんだ！」

「おい、しかも聞いたか？　聖女様を虐《しいた》げたゲス王子、冤罪を被せて聖女様を追放しやがったって！」

「どこ情報だそれ⁉」

「王城に出入りしてる親戚の商会員の叔父さんだよ！」

「ちょ、それ本当かよ、『聖女投稿』に書かれてるより酷いことになってるじゃねえか‼」

国王アルターは新聞記事の真偽を確かめるべく、公式な調査を行った。すると、新聞記事で書かれていた以上の吐き気を催すような実態が明るみとなる。

更に、ちょうどその調査結果を裏付けるような新たな聖女の書き付け投稿が新聞に載った。

『円環大陸共通暦八〇六年二月五日、アイシャ
王城内では、私に対するクーツ王太子とクシマ公爵令嬢の卑劣な行いを嗜めてくれる人たちもいました。すごく嬉しかった……

でも、王太子と公爵令嬢という権力者に嫌がらせを受けて、どんどん数が減っていってしまった。

中には被害に耐えきれず自分から王城を去る人まで……

彼らには本当に申し訳ないことをしてしまいました』

『王城での私の食事にゴミが混ざるようになったのは、去年からでした。

腐った食材が意図的に混ぜられるようになった』

『私の部屋には小動物や虫の死骸が置かれることがありました。

私は聖女だから、聖なる魔力を使う祈りによって、腐敗した料理から毒を抜くことができる。でも一度腐った食事って、毒を消しても栄養はもうカスカスで失ってしまっているようだった……

食べても食べても、力にならない。魔力を回復してくれない。

せめて普通の食事が取れていれば、その後の魔物の侵攻を防ぐのに、もっと少ない被害で済むよう力を出せたのにと思うと、悔しくてならない！』

この手紙が記事になった後。アルター国王はクーツ王太子に、聖女を虐《しいた》げることで国を危険に晒《さら》したことの責任を問うた。

「なぜですか、父上！　あの女は聖女を騙《かた》った罪人ですよ!?」

「……お前のそれが虚言であることは、既に調べがついておる。答えよ、クーツ。お前が聖女アイ

シャを虐《しいた》げたことで受けた我が国の国防低下への被害はどう償《つぐな》うつもりだ？」

「そ、それは……」

国王は答えられない王太子を廃し、一王子とした。

共謀した公爵令嬢と王子との婚約は認められない。そもそも、聖女アイシャとの婚約破棄も、公爵令嬢との新たな婚約も、国王不在中にクーツ王太子が許可なく勝手に公言したものだ。よって、王太子と公爵令嬢の婚約は無効だ。最初から無かったこととした。

クーツ王太子の悪事の片棒を担いだクシマ公爵令嬢ドロテアは王宮に出入り禁止となり、公爵家での謹慎を命じられた。


不定期に聖女の走り書きの投稿は続いている。

日にちは前後することもあれば、同じ日付のこともある。

どうやら聖女アイシャは思いつくまま出来事を記録していて、清書されたものも時系列で並べ替えることはしていないようだった。

『円環大陸共通暦八〇六年二月五日、アイシャ
国王や教皇から賜《たまわ》った宝飾品は、気づくと消えていた。

クーツ王太子殿下たちが勝手に持ち出し、売り払って遊興費の足しにしたようだ。

それらの宝飾品の中には、聖女の力を増幅するアミュレットもあったのだけど、貴金属や貴石が使われているものから奪われ売り払われてしまった……

それらのアミュレットがあれば、魔物の被害はもっと容易に防げたはずなのに……だってあれらは代々の聖女様たちが使ってきた貴重な魔導具なのだ。

王太子殿下たちにはただの宝飾品としか見えなかったのだろう。

本当なら被害や命を落とす人々ももっと少なかっただろうと思うと、悔しくていまだに涙で枕を濡らさない日はない。

もちろん、私は宝飾品を持ち出しそうと部屋を物色していた王太子殿下に、その場でそのことをちゃんと告げた。しかし彼は、「アミュレットに頼らねば力を発揮できない聖女など聖女ではない」と言って、まるで話を聞いてくれなかった』

この聖女投稿を読んで、青ざめた者たちがいる。

王城で、クーツ王太子の取り巻きをしていたり、周辺にいたりした者たちだ。

去年から今年にかけて、王太子が急に羽振りが良くなっていた。その理由に思い至ったのだ。

ほとんど毎日のように城下に降りて、高級な飲食店で高い酒を浴びるように飲んだり。高級娼館から女たちをダース単位で呼び寄せ接待させたり。他国から芸人一座を呼んで豪勢なパーティーを短い周期で催したり。

また王城でも、高価な衣服や宝石などを商人たちに言われるままに買い続けていたクーツ王太子と、公然の恋人だったクシマ公爵令嬢ドロテア。

その豪遊の元手が、クーツ王太子の婚約者の聖女アイシャという平民女に支給されている支度金を横取りしたものだということは、もちろん知っていた。

取り巻きたちとて貴族。いくらアイシャが聖女とはいえ貧しい村出身の平民。聖女として敬うつもりなど毛頭なかったし、むしろいい気味だとすら思っていた。

だが、そこに『代々の聖女が受け継いできた貴重な魔導具アミュレット』を売り払った金が加わっていたとなれば、話は別だ。

たった一本で大金貨一枚が吹き飛ぶような、他国産のぶどう酒をクーツ王太子と一緒になって一晩で何十本も飲んだ。何日も、何週間も、何ヶ月も……一年近くにわたって、ほとんど毎週のように。

「ま、まずい！　知らなかったでは済まされないぞ⁉」

「だがどうする⁉　本当に我々は知らなかったんだ！」

馬鹿な王太子だけが罰せられるならば、いい。

だが取り巻きや美味い汁を吸っていた者たちにも、調査の手は間違いなく伸びてくるだろう。逃げられるだろうか？

アルター国王はできるだけ、王太子が強奪して売り払った聖女アイシャへの下賜品の買い戻しを命じた。だが、難しかった。

大半は下賜品であることを示す王家や教会の刻印を削り取られていたため、出自不明品扱いで売却されてしまっていたからだ。

王家や教会の刻印を傷つけ、許可なく削り取ることは重罪である。これだけでも、王太子と公爵令嬢への罰は厳罰化を免れない。

カーナ王国の貴重な、代々の聖女による魔導具アミュレットの大半が売り飛ばされ、他国へ流出してしまった。国内ならまだしも、国外へ流出してしまった物品を回収するのは、カーナ王国のような小国の国力では現状、難しい。

次の魔物の大侵攻《スタンピード》が発生するのは百年後。

そのとき、この国は聖女の力を強力に補助する魔導具アミュレットなしで、魔物たちに立ち向かわねばならない。


「トオン、あのね。まだいらない紙ってある？」

数日後、中身のなくなった大きな封筒を抱えて、アイシャが二階の宿の部屋から降りてきた。

手に抱えていた、ぐしゃぐしゃに丸めた紙を、古書店の精算所カウンターの黒いゴミ箱に捨てる。

「もう使い切ったのかい、アイシャ」

「うん。まだ、あんまりスッキリはしないんだけど、自分の中は少しずつ整理できてる感じ」

「そっか……。ねえ、お袋が前に送ってくれたハーブがあるんだ。お茶でもどうだい？」

「飲みたいわ！」

まだどこか影があるが、アイシャはにっこりと笑顔を見せた。

その顔を見ていると、トオンも自然と顔が綻《ほころ》んでくる。

そう、この笑顔で聖女アイシャは人々の不安を和らげ心に希望の火を灯《とも》し続けてきた。

「今、カズンが厨房でレモンクッキーを作ってくれているんだ。僕も裏紙を集めてすぐ行くから、先にお茶入れてって頼んできてくれる？」

「ええ、了解よ。……でもカズンって、何者なの？　ここの宿泊客なのよね？　それに男の人で料理までするって珍しいわ」

「彼の国では、珍しいことじゃないみたいだよ。それに美味しいものが食べられる。良いこと尽くしだ」

「言えてるー！」

笑いながらアイシャが厨房へ向かう。

それを見送ってから、トオンはゴミ箱の中から先ほどアイシャが捨てた紙屑を素早く取り出し、手元にあった古い封筒に詰めて自室へ持っていった。

（ちょっとした思いつきだったけど、波紋を広げる役には立ったみたいだ。まだもうしばらく続けてみよう）

今朝の新聞はまた国内に反響をもたらしたらしい。

アイシャは以前から新聞を読まなかったそうだから、トオンの宿に来てからも目を通す素振りは見せない。他者の目を警戒して外にも出ないから、今この国で何が起こっているのかも知らないいまだ。

封筒を机に置いてから、トオンは自分もまたバターの香り漂う厨房へ向かおうとしたが、ちょうどそのとき配達人がやってきた。

「トオンさん、お荷物でーす！」

一抱えほどの木箱がひとつ。差出人はマルタ。王城で下女をやっている、トオンの老いた母だ。

中身を開けると、麻袋の中に荷物が入っている。その上に紙切れが一枚。

『聖女様の部屋の私物をお渡しして』

何をどうやったものか、王城から追放されたアイシャの私物を掻き集めて送ってきたらしい。紙切れはもう一枚入っている。たった一行だけ、アイシャに向けて。

『聖女様の御心のままに』

今、世間を騒がせている聖女投稿のことは当然母も知っているはずだが、匂わせるようなことはトオン、アイシャ、どちらへのメモにも書かれていなかった。さすがの気遣いである。

中身の大半は衣服や小物のようだ。アイシャは着の身着のままでここにやって来ているから、着替えを確保できて助かるに違いない。

＊＊＊

『円環大陸共通暦八〇六年二月四日、アイシャ
先月、一際大きな魔物の侵攻を防いだとき、私は国から多額の報奨金が与えられることになった。
クーツ王太子殿下はいつものように横取りするつもりだったと思う……
だから私はそれを見越して、報奨金は自分の故郷の村や国内の救貧院に均等に配分して欲しいと

国王陛下に願いました。陛下は王の名と責任において請け負ったと確約してくださいました。

ああ、良かった。これでようやく気になっていた故郷や貧しい人々に手を回してもらえる。

このようにすれば、報奨金は王太子殿下の手には入らない。下手に手を付ければ咎《とが》められるのは殿下だ。

……これが、殿下が己の行いを改めるきっかけになればと私は思っていました。少なくとも、今回は報奨金を強奪するという罪だけは犯させずに済んだ。

けれど、私がその後、理不尽な言いがかりで婚約破棄され追放されたきっかけは、この出来事の逆恨みなのだと思う。

せっかく大金が手に入る機会をふいにした私を、殿下は許せなかったのだろう』

新たに投稿された聖女投稿の記事を元に、教会は元王太子クーツと取り巻きたちを横領の罪で告発した。

その頃には既にクーツ王子はアルター国王から、私財を使っての聖女への賠償を命じられている。

取り巻きたちも同様の賠償命令を受けている。それぞれが高位貴族の子息たちだったが、長男であれば跡継ぎの座を外され、次男以降の者は親戚の下位貴族の家に養子に出された。

元王太子クーツの取り巻きたちは誰ひとり残らなかったという。

「あの平民にこの私が賠償金を支払えだと⁉　父上は何を馬鹿なことを仰《おっしゃ》るのか！」

「で、殿下！　そもそも金額が莫大過ぎて、殿下の資産では足りませぬ。毎年の王子への予算を足しても焼石に水にしか……」

「無視しろ。あの偽物に払う金などない！」

そんな王太子と補佐官のやり取りを、当然ながら王城内で周囲は見ている。

そして当たり前のように国王と王妃に報告が上がった。

「あやつはもはやこれまでか。王妃よ、覚悟しておく必要がありそうだぞ」

「陛下。ですが下の王子はまだ幼く、とても王太子の任が務まるとは……」

既に元王太子クーツは両親にも見限られていた。

それまで、新聞記事『聖女投稿』の内容により新聞を読んだ貴族・平民問わず、国民の批判はすべて王太子中心に向けられていた。

だが、新たな聖女投稿にはそれまで特に言及されていなかった聖女アイシャの周辺についてが語られていく。

まずは教会関係者だった。

『円環大陸共通暦八〇六年二月七日、アイシャ
クーツ王太子殿下との婚約が決まってから、私には教会から聖騎士様が護衛として付けられることになりました。名前は呼ばれたくないと言われたので、私は聖騎士様とお呼びしていました。

聖騎士様は五男とはいえ伯爵家の出身で貴族。

口に出すことはしなかったけど、平民出身の聖女の私を見下していたのは間違いない……』

聖女はその特性として、人の心を察することに長けている。

言葉や態度に出されなくとも、相手の思惑を察することは得意なのだ。

『蔑《さげす》む相手の側に護衛として居続けるのは辛いことだろうなと私も思ったのだけど。教会から優秀な人物だからと推薦された手前、私からは断れなかった。

彼には気の毒なことをしてしまったのかもしれない』

『聖騎士様は、王太子殿下たちが私にひどい仕打ちをしていたことにちゃんと気づいていたみたい。でも彼は我関せずを貫いていた。

あるとき、私は王太子殿下や公爵令嬢のドロテア様から罵倒され、手を上げられたことがあったの。

そのとき私は咄嗟に、背後にいた聖騎士を見た。確かに聖騎士様とは目が合った。

でも彼はすぐに視線を逸らし、何事もなかったかのように沈黙を保っていた……

教会から私を守るために派遣された人だと思ってました。聖騎士とは聖女の自分を守護し、身の危険から守ってくれる者なのだとばかり思ってました。

だけど聖騎士様は何もしなかった。

聖騎士様がクーツ王太子殿下たちから、自分たちと一緒に私を虐《しいた》げる側になれと誘われているところを何度か見たことがあります。さすがに聖騎士様はそんなそのかしには乗らなかったようです。

でも……では彼はいったい何のために聖騎士として私の側に居続けたのだろう？

ただ毎日毎日、ずっと同じ部屋にいて立っていただけ。王太子殿下たちが私の私物を持ち出すところだって見ていたのに、何も言わないのだもの。
私には聖騎士様が何を考えていたのか、それがいまだにわからない』
新たな聖女投稿が発表されるなり、カーナ王国の教会は即座に動いた。
教会は実態調査の上で、聖女投稿の内容が事実だと確認し、該当の人物から聖騎士の称号を剥奪、教会から追放とした。また、元聖騎士の実家の伯爵家には批判が殺到し困難な立場に陥ることになる。元聖騎士は実家からも除籍の上、追放された。

「どうしてこんなことに……」

王都や地方の視察に向かう聖女の護衛役だった元聖騎士は、顔が国民に広く知られていた。彼が聖騎士の称号を剥奪され、教会からも実家の伯爵家からも追放されたことは、即座に知れ渡った。

情けで、それまでの給金だけは取り上げられることもなく持ち出せたが、それだけだ。

男が築き上げてきた地位も名誉も、将来約束されていたはずの教会での役職の可能性もすべて失ってしまった。

その上、国民に周知されている顔だ。どこに行っても侮蔑されることは間違いない。

王都を出るため外壁の門への道を歩く元聖騎士に、石が投げられる。

「聖女様を貶《おとし》めた悪魔め！　何が聖騎士だ、貴様にそんな資格は元からなかったんだ！」

「やめろ……やめてくれ……！」

次々投げつけられる石が、急に止まった。

「あなたたち、おやめなさいよ」

「お前は……」

買い物帰りと思《おぼ》しき、身体つきのがっしりした老婆が食料品の入ったバスケットを提《さ》げて、男を見つめていた。

王城でたまに見かけていた下女だ。よく聖女アイシャと世間話をしていたのを男は知っていた。

「何だというのだ。私に恩を売ろうとでもいうのか？」

「いいえ、そんなことはしやしません。……あなたたちも、石はもう投げちゃいけません。聖女様が知ったら悲しまれますからね」

老婆は石を幾つも抱えていた民たちに向けて、声を張り上げた。

するとバツが悪そうにひとり、またひとりと石を捨てて去っていった。

「お辛いですか、聖騎士様」

「私はもう聖騎士ではない……」

その称号は剥奪されてしまった。

「ええ、でも聖騎士様とお呼びさせていただきます。聖女様がそう呼ばれていたので」

下女マルタは彼の名前を知らない。

彼自身が平民の聖女アイシャに名を呼ばれることを嫌がって〝聖騎士様〟と呼ばせていたからだ。

「……今は落ちぶれた、ただの平民男だ。いくらでも笑えばいい」

「笑いやしません。あたしはお城の趣味の悪い方々と違って、人を馬鹿にして笑うなんていけませんって、子供の頃から教会で教えられてましたからね」

「…………」

男は黙って下女の言葉を聞いていた。

投げられた石の当たったこめかみが痛い。指先で触ると傷ができたようで、滑る血が付いてきた。

下女がハンカチをスカートの上のエプロンのポケットから取り出した。そっと男のその傷に当て、男の手を取って押さえさせた。

庶民の使う柄物生地のハンカチからはハーブの良い香りがした。

「聖騎士様ならあたしなんかより、もっと良いことを沢山学んで来られたでしょうに。間違った行いをなさいましたね」

それだけ言って、下女は踵《きびす》を返して王城への道へ去っていった。

「間違った、行い……」

男の脳裏に、聖女アイシャと出会ってから直近、最後に会ったときまでの己の言動が通り過ぎていく。

自分の彼女への行いは、教会の教え、いいや人の在り方としてどうだったろうか。

「だって……彼女は平民ではないか。それも貧しい村娘だ。せめて下級貴族の娘であったなら、私だって……」

その男の呟きを、先ほど石を投げつけていた少年の一人が、去らずに建物の影に隠れて聞いていた。

少年は家に帰って、家族に元聖騎士の呟きを憤懣《ふんまん》やるかたないといったように語ってみせた。

少年の父親は翌日、職場の同僚たちに聞いた話を教えた。

人の口伝えに広がった話は、当日中には新聞社まで届き、翌朝の朝刊の『聖女投稿』補足として掲載された。

もはや、この国に元聖騎士の男の居場所はどこにもなくなってしまうのだった。

まさに自業自得としか言いようがない。

＊＊＊

『円環大陸共通暦八〇六年二月七日、アイシャ
聖女として王城に部屋を貰えることになった私には、ひとり侍女が付いた。彼女も子爵家出身の貴族令嬢だった。彼女からは始終、「なぜ自分が平民の世話などしなければならないのか」と文句を言われ続けていた……
王城にいる人々すべてが、王太子殿下や侍女の彼女みたいな人間でないことは、もちろんわかってる。でも聖女の役目を果たすのに支障を来すような行動を仕掛けられるのだけは、本当に参ってしまった。
私は何度も、自分に対する彼らの行為を国王陛下と王妃様に訴えて、改善してもらうよう働きかけていた。でも、陛下たちへの謁見申請の手紙をすべて握りつぶしていたのが、この侍女だった

のだ。

彼女も、クーツ王太子殿下が私を虐《しいた》げていたことはもちろん知っている。だって殿下は彼女が部屋にいてもかまわず私に罵詈雑言を吐いていたし、時には殴りつけてきたし、持ち物を盗んでいったのだもの。

そんな感じだったから、侍女も、平民と馬鹿にしていた私ではなく、王太子殿下におもねって、それがますます殿下の愚行を助長させた』

「ま、まだ続くのか、『聖女投稿』は……！」

朝一で確保した朝刊には、また聖女投稿の記事が掲載されている。

既に聖女投稿はその反響の凄まじさに応《こた》える形で、カーナ王国新聞の連載記事となっていた。

アルター国王は、毎朝恐る恐る誌面に目を通す。自分が出兵している間に王太子だった息子が犯した愚行の後始末に、国王は宰相とともに追われていた。

聖女アイシャはどうやら元王太子クーツに王城を追放された後、すぐ国外に出ることはせず、まだ国内のどこかに潜伏して聖女投稿の元になる走り書きを作成したらしい。新聞社に代理投稿した人物は、彼女は自分の走り書きが新聞投稿されていることを知らないと伝えている。

そして、現在まで聖女アイシャの所在も状況も不明なままなのだった。

そう。聖女投稿はまだ続いている。

聖女アイシャが書いた日付を見ると、追放された翌日から現在まで不連続に書き続けていることがわかる。

内容は、彼女自身が受けた仕打ちに対する気持ちの整理をつけるため、という名目だった。

最新の聖女投稿に書かれていた該当の子爵家出身の侍女もすぐに判明し、王城の侍女を即日、懲戒解雇されることになる。

実家である子爵家に戻されたが、その日から子爵家の邸宅には昼夜を問わずゴミなど汚物が投げ込まれた。また、商人たちは子爵家に新鮮な食材を配達することを拒否するようになった。

「聖女様にゴミを食わせてたような家の奴らには、何も卸《おろ》したくないね！」

商会や商店は皆そう言って、買い出しに出てきた使用人も子爵家の人間だと判明すると罵《ののし》って追い返した。

あまりの現状に、侍女の母親だった子爵夫人は離縁してひとり実家に逃げ帰ったという。

結果的にそれから数ヶ月という短期間で、子爵家は離散した。

＊　＊　＊

「今日もカズンのご飯は美味しいわね！」

宿屋を兼ねた古書店の食堂で、今日もアイシャは美味しく食事をいただいていた。

今日の朝食は、チキン入りの野菜スープと、コーン入りのライスボールを平たく丸く握って表面を軽く炙《あぶ》ったものが幾つか。ライスボールはカズンが故郷で好んで食べていた料理ということだ。

パンとはまた違った甘みと食感の、優しい味の主食だった。

「お袋が食材、色々送ってくれてるからさ。遠慮なく食べて、アイシャ」

「下女でも王城勤めだと貰い物が沢山あるらしいな。蜂蜜とジャムがあるから、午後はスコーンでも焼こう」

「アイシャの好きなレモンアイシングをかけたやつもいいね」

ここは建物は古びているが、中は店主のトオンが毎日掃除してメインテナンスもしているから快適だ。

まだアイシャは外に出る気にはなれなかったから、部屋で紙に自分の気持ちを書き出すのに飽きると、一階の古書店に降りて興味のある古本を眺めたりもする。

厨房のほうから美味しい匂いが漂ってきたら、ご飯やおやつの時間である。トオンもアイシャも集まって、カズンが作る賄《まかな》いを堪能する。

「嬉しい……嬉しいわ、ここにいると美味しいものばかりで私、太ってしまいそう！」

「アイシャは太らないとダメだよ」

王城で悪意ある侍女に食事を台無しにされることが多く、満足な食事も取れなかったアイシャの身体は、鶏ガラのように肉がなかった。

この宿に泊まって毎日しっかり無理のない範囲で食事を取るようになってからは、血の気のなかった頬にも赤みが差すようになっている。しかし、まだ数日。肉付きが良くなるには、まだまだ時間が必要だろう。

「美味しかったあ。ありがとう、カズン、トオン」

「もういいのかい？　まだスープもライスボールもお代わりあるよ？」

「ううん。お腹いっぱい食べてはダメなのよ。たくさん食事があっても、どれだけお腹が減ってても必ず満腹するまで食べてはいけないの。聖女の力が鈍《にぶ》ってしまうからね」

満腹するまで食べてないとはいえ、アイシャの胃の辺りはぽっこりと膨れている。

「……君は追放までされてしまったのに、まだ聖女でいてくれるんだね」

「うん……魔物の大侵攻《スタンピード》はもう防いだから、次が来る百年後まで平気なの。でもこの世界から魔物や魔獣が消えてなくなるわけじゃないでしょ？　まだ王都やこの国に聖女の魔力で結界を張ったままなの」

この国の聖女の仕事は、第一に魔物と戦い滅すること。

第二に、特有の聖なる魔力を使って結界術を発動させ、対象を守護すること。カーナ王国の聖女であるアイシャの守護対象は国土そのものだ。そして国の象徴たる国王が座す王都には特に念入りに堅固な結界を敷《し》いている。

「王太子殿下に偽聖女って言われて断罪されてるし、もう聖女の役目を放棄してもいいかなって思ったんだけど……」

その結果どうなるかを考えると、どうしても躊躇《ちゅうちょ》してしまう。

「結界を解いたからといって、すぐ魔物がやってくるわけじゃないだろう？」

食後の白湯《さゆ》の入ったカップをカズンが差し出してくる。

「ふつう、どの国も魔物や魔獣の脅威に対しては、騎士団が対処するのが慣例なんだ。それをたった一人の聖女に負担させるなど、正気の沙汰とは思えない」

「この国、騎士団はあるけど聖女様頼りなところあるよね」

「精鋭揃いではあるのよ。この国は建国からずっと魔物の被害と戦ってきた国だから。……でも、私への負担が大きかったことは事実ね」

食堂に漂う空気が重苦しくなっていく。

「結界を解いたら……王城より先に、城下町の人たちに被害が出るわ。でも、もう私の手元には聖女の魔力を助けてくれるアミュレットもないし、あのまま王城にいても国土全体に広げる結界はそのうち維持できなくなってたと思うの」

「……アイシャ」

力があるなら、適切に使うべきだ。だが、聖女の力を削《そ》ぎに削《そ》いだことの結果は、やはり彼女を追放した者たちが負うべきではないだろうか。

トオンがそう伝えると、アイシャはどこか陰のある笑顔で、ありがとう、と短く言って二階の部屋に戻っていった。

「……何か、俺にできることがあればいいんだけど」

「やってるじゃないか。『聖女投稿』。もう城下はその話題で持ちきりだぞ？」

何か具体的に、彼女を心から笑顔にできる方法があればいいのにと、トオンは内心溜め息をついていた。

『円環大陸共通暦八〇六年二月八日、アイシャ
今日、お世話になっている人と話をした。

まだ聖女でいてくれるんだね、って言ってくれたの。

私は少し考えちゃった。

私が聖女なのは変わらない。いつか何かが起こってステータスから称号が消えることがあるかもしれないけれど、それまでは私は聖女のまんまだ。

それにしても、私を追放した後、王太子殿下は王都や国への結界をどうするつもりだったんだろう？

お前なんか偽物だと言われて追放された私には、もう結界を張り巡らせる義務も何もないのだと気づいて、ちょっと震えが走った。

そうか。今すぐ結界を解いても、その責任は私じゃなくて殿下たちが負うことになるんだなと気づいたの。

復讐。復讐になる。

……ああ、いけない。復讐は神がお許しにならない。私は彼らを頑張って許さねばならないのだ。

でも許すことと、結界を張り続けることは無関係かな？』

この聖女投稿が掲載された日から、国王も国民たちも言いようのない恐怖を抱えて毎日を過ごすことになる。

聖女アイシャが国土守護の結界を解けば、魔物や魔獣を防げなくなる。天候が安定しなくなり、作物や酪農などにも影響が出る。

教会には聖女アイシャの慈悲を乞う民衆が詰め掛けるようになった。

『円環大陸共通暦八〇六年二月八日、アイシャ
貰った裏紙にあれこれ書いてはきたけど、まだまだ自分の中が整理しきれない。追加でまた紙をたくさん貰ってきた。

A（仮名。以下同）やB（仮名。以下同）にも色々慰めてもらったけど、やはりとても辛かったんだ、私。

私が教会から学んだ教えでは、こんなふうに人に貶《おとし》められたときは、自分を苦しめた者たちを許さなきゃいけないという。先日聞いた神の声も、恨まず許せと言っていた……

でもね、わからないの。

私をこんなにも辛い苦境に追い込んだクーツ王太子殿下たちを、どうやったら恨まずにいられるんだろう。許すって、どうやってやればいいの？』

『わからない……わからない……

このままだと私、彼らを呪ってしまうと思う。

AやBと話していても、美味しいものを食べていても、ちょっと油断するとすぐ自分の中から暗く重苦しいものが吹き出してこようとするのがわかる。

でも、だからこそBは「書き続けたほうがいい」って助言をくれた。

辛いなら書くだけでいい、見返したり書き直したりなんかしなくていいから、続けたらいいよって。

まだまだ私の中には感情が荒れ狂い続けている……

私は聖女なのに。許せないものなんてあってはならないはずなのに。ああ』

今回の聖女投稿の元原稿となる手紙は掲載されなかった。新聞社にも送付されてこなかったようだ。聖女アイシャの現在につながる人名が記載されているためだろうと思われる。

それでも新たな聖女投稿に、国民は誰もが涙した。

これほど侮辱され過酷な目に遭いながらも、聖女アイシャが自分を貶《おとし》めた者たちを許そうとしているからだ。

その行為こそが、彼女が聖女である間違いのない証拠であると、誰もがわかっていた。

ショッキングな内容の『聖女投稿』が掲載された新聞は、商人たちによって他国にも伝わっている。

他者への呪詛を放ちたい衝動を必死に抑えている、聖女の胸の内の告白が記載された今回の聖女投稿に、他国の教会関係者たちが疑問を呈した。

明らかな悪意を持って聖女を苦しめた王太子たちのような者の罪でさえ、ただ『恨まず許せ』としか考えさせない教育は、明らかに歪んでいる。

過ちを犯さない人間はいない。過ちを犯した者に対する教会としての教えは、実は様々だ。

一口に教会といっても、広い円環大陸ですべての教義が厳密に統一されているわけではない。文化や国民性の違いといった地域特性は考慮されている。

けれど基本となる正しい教会の教えでは、このような出来事に対する答えは『過ちを正させた上で反省させ、同じことを繰り返さぬよう導け』だ。

聖女アイシャが聞く神の声も『恨まず許せ』などと言っているという。

何かがおかしい。通常、神の声とも呼ばれる天啓はあくまで直観のようなものであって、言葉で何かを伝えることはない。

聖女アイシャが間違いなく聖なる人、〝聖女〟であることは、彼女の業績が証明している。

その上でカーナ王国は、聖女の条件証明として三つの条件を挙げている。

聖女アイシャは当然、すべての条件を満たしている。

聖女の三つの条件

一．邪悪な魔物を退《しりぞ》ける聖なる魔力を持ち、使えること

二．人物鑑定で確認できるステータスに、聖女であること、聖なる魔力を持つこと、どのような術が使えるかなど明記されていること

三．神の声が聞こえること

「この『三．神の声が聞こえること』がおかしいんだ。この国以外の聖者や聖女に、この条件を

持っている者はいないからな。そもそも聖なる魔力持ちに条件を付けること自体が、おかしい」

古書店内の椅子に座りながら、宿泊客である黒髪黒目の青年カズンはそう言った。

今回、魔術師カズンがカーナ王国へやってきたのは、師匠筋の仲間のひとりが教会関係者で、彼から実態調査を依頼されてのものである。

店主のトオンは精算所の机に頬杖をつきながら、カズンの話を聞いていた。彼はただの料理好きの格好いいお兄さんではなかったのだ。

「そっか、魔術師だっていうから何しに来たんだと思ってたけど、君の目的はそういうことだったんだね」

「まさか、調査対象の聖女本人が、国の王太子から追放されてくるとは思わなかったけどな」

追放される前も、本人を見れば相当に王城で虐《しいた》げられていたことがわかるありさま。

まだ十六歳の少女なのに、手足は痩《や》せ細り胸や尻にも肉が薄い。黒髪も手入れすれば艶《つや》が出て美しいだろうに、自分で切ったかのような無造作なオカッパヘアーで、毛先も乾燥してパサパサだ。

トオンの懐には今日、外に買い出しに出たとき商店街の薬屋で見かけた、ハーブ入りの万能油の小瓶が入っている。顔や手足の乾燥用に使うものだが、シャワーを浴びた後の髪に少量伸ばしてから乾かすと良い艶《つや》が出る。

いつ渡そうかな、喜んでくれるかなとトオンは少しドキドキしている。

「俺はこの国しか知らないから……。他の国だと、聖女様はどんな感じなんだい？」

「まず、国家に属している者はほとんどいない。数が少ないのもあるんだが、大半は一ヶ所に留まってその地域を象徴する存在になるか、旅に出ているな」

カズンの師匠筋にあたる魔力使いにも、ひとりだけ聖女が存在する。

聖女ロータスという、八百年以上生き続けていると言われる盲目の聖女だ。

彼女は広大な円環大陸を右回りに回り続ける旅を独りで、時には仲間たちとともに続けてこの円環大陸全土と人々に慈悲をもたらしている。

「留まる者も、慈悲を求められれば国や組織を問わない。一国の利益のためだけに存在する聖女など、このカーナ王国以外にはありえない。だから僕は当初、聖女アイシャは偽物じゃないかって思っていたんだ」

そう思われても仕方ないことを現国王はしているのだろうな、と苦笑するしかないトオン。彼には、母が王宮務めである以上に、王族との関わりがある。カズンが目的を話してくれた以上、こちらもある程度は開示すべきだろう。

「カズン、実はね」

カーナ王国、南地区の外れで古書店と安宿を営んでいるトオンは、現国王の庶子だ。

二十年と少し前、王城の庭師付きの下働きだった母親マルタが現国王に手篭《てご》めにされ、トオンを産む。当時既に老境に差し掛かっていたマルタだったが、がっしりした身体付きは後ろから見ると腰や尻が大きく、当時の国王には女性的で魅力的に見えたらしい。だが実際、顔を見たマルタが自分の母親より老いた女だと気付き、そんな女を抱いたことに国王は大きなショックを受けたという。

勝手に手篭《てご》めにしておいて勝手なものだと、話を聞くたびトオンも、父親の違う兄たちも憤慨していた。

母マルタが国王に襲われた時点で、彼女の夫である兄たちの父は既に亡くなっていた。しかし手の離れた四人の息子がいて、頼る相手に困らなかったことが不幸中の幸いだった。

トオンを身籠《みごも》ってしまったことがわかっても、マルタは堕胎はせずそのまま産むことにした。子供は授かり物。大切にせねばならないと思っていたからだ。

アルター国王は自分が抱いた女の年を知ってその場で逃げ出している。

だが、十月と少し後。産まれたばかりの男子を連れて、まずは上司だった下級女官、中級女官、そして上級女官とひとつずつ段階を踏んで謁見申請を出したマルタには、渋々会った。

そしてトオンを認知だけはした。産まれたトオンがアルター国王と同じ色の金髪で、何より目鼻立ちが国王によく似ていたからだ。

それでもトオンに王位継承権は与えられず、庶子の扱いだ。

今、トオンが住んでいる南地区の赤レンガの二階建て建物は、王家から母親マルタに対する手切れ金のようなものだった。

以来、マルタも息子トオンも、王家にも国王にも世話にならずに、元気に今日までやっている。

「クーツ王太子は腹違いの弟にあたる。俺は王族として認められてないけど、アイシャと王太子が結婚してたら聖女様の親戚になれた。……喜ばしいことのはずだったのにな」

それも、クーツ王太子がアイシャを追放するまでのことだったが。

トオンは前髪を長く伸ばしている。最も実父の国王に似ているのが目元だから、一番目立つ部分を隠しているのだ。前髪をあげた状態のトオンの瞳を見る者が見れば、国王の縁者だと一発でわかってしまうから。

「アイシャは勘がいいから、多分俺の顔を見て何か気づいてそうだけど」

国王に似ているということは、その息子でもある元王太子クーツとも似ているということだ。

口に出さないのは彼女の優しさだろう。

アイシャがこの安宿を兼ねた古書店に来てからというもの、いくつか変化が起こっている。

まず、一階の古書店フロアに漂う古書の湿ったカビ臭さが消えた。悩みの種だった、本の紙を食う虫やネズミの類を見かけることが、とんとなくなったのも驚きだ。

厨房では、それまでトオン一人の生活でいつも使いきれず、余らせ、時には腐らせてしまっていた野菜や果物などが一切腐敗しなくなった。それどころか常に新鮮さを保っている。

普段あまり人が来なくて閑古鳥が鳴いていた古書店に、毎日必ず人が来て何人かは古書を買っていく。

そして建物全体に漂う、新鮮なオレンジに似た爽やかな香り。

「すごいな。聖女の祥兆《しょうちょう》が見事に出ている。この古書店、いずれ聖地になるんじゃないか？」

「アイシャのいた部屋ごと価値が上がるかな」

ふと、トオンは精算所の机の隅を指先で拭《ぬぐ》った。

いつも壁際は雑巾で拭きそこねてしまう場所だ。暇なときはそこを指先で拭《ぬぐ》って、ホコリを取るのが癖になっていた。

(ホコリ、全然指に付かないな)

そう、建物の内部は古書店も二階の宿屋部分も、汚れが溜まらなくなっている。

古い建物だから水回りも少し掃除を怠《おこた》ると臭いが出ていたが、それも気づけばなくなっている。

「なあ、カズン。俺、最近調子良くてさ」

「僕もだ。毎日、快食快便快眠」

「同じく！ ……でもさ。いるだけで、こんなにご利益あるのに。何で王太子たちはアイシャを虐《しいた》げたんだろ？」

「〝元〟王太子な。そろそろ廃嫡も待ったなしだ。……聖女の恩恵は万人に遍《あまね》く降り注ぐと言われている。聖女投稿を読む限り、奴らが彼女を認めなかったからだろうな。その在り方が聖女の恩寵を自ら弾いたんだ」

「認めなかったのに、アイシャのお金や物を盗むってどうなんだろ？」

するとカズンは整った口元を、ニヤリと笑いの形に釣り上げた。

「奴らは手順を間違っている。僕が思うに、アイシャは金や貴重品が欲しいと願えば、大して考えることなく下げ渡してくれたはずだ」

「え？」

「僕の知ってる他の聖者や聖女がそうなんだ。金や物に執着がないからこその聖者であり聖女だぞ。誠意を持って『どうかお恵みを』と頼むだけでいいんだ」

どうか救いを。癒しを。慈悲を。祝福を下さい、と。

言われて、トオンは聖女アイシャの軌跡を思い出す。

彼女の活躍は、それこそ今『聖女投稿』が連載されているカーナ王国新聞で随時、掲載されていた。古書店を営むトオンは毎日新聞を調達して読むことができた。そうして、新聞記事に書かれた聖女アイシャと、王城勤めの下女の母から聞いたり手紙で教えられたりする『聖女様』とを自分の中で擦《こす》り合わせていた。

そんな日々は、自分は他の新聞の読者たちよりもっと色々な聖女様のことを知っているんだぞと、トオンには密かに自慢だったぐらいだ。

確かに、それらの情報から思い描ける聖女アイシャは、本当に必要とする相手であれば、どんな貴重品も悩まず渡してしまいそうだ。

「……まあ、こんなものをポンと平気で寄越すぐらいだもんね」

精算所の机の上に置いてある小型の金庫の中から、布の小さな巾着に入った金色の四つ葉のクローバー型ブローチを取り出す。

四つ葉の葉の部分にはひとつずつ雫型のエメラルドが嵌《は》め込まれている。中央部分にはダイヤモンドがひとつ。いや、この輝きからすると上位鉱物のアダマンタイトかもしれない。

これだけでも貴重で高価な物だが、台座の金属が問題だ。

金色だが黄金ではない。金の上位金属、俗にレア金属と呼ばれるオリハルコンなのだ。これひとつで、城のひとつやふたつ余裕で建つ。

それは、カーナ王国の聖女の証だった。こればかりは奪われてはならぬと、アイシャは服の下、外から見えない肌着の中に巾着に入れて常に隠していたそうなのだ。そのため強欲な元王太子や公爵令嬢、侍女たちにも奪われずに済んでいた。

ブローチは、身分を証明する物も何もないからと言ってアイシャがここに来た翌日、トオンに預けてきたものだった。何かアイシャに問題が起こって宿泊料を払えなくなったときは、売って足しにしてほしい、と言われている。

「売れるわけないじゃないか。そんなことしたら俺がお袋に引っ叩《ぱた》かれちまう」

「お前が善良で何よりだよ」

くつくつとカズンが笑う。さて、とカズンは椅子から立ち上がって厨房側を見た。

「今日の夕飯は力作だぞ、マルタさんから鶏一羽送られてきたんだ、ローストにしよう。そろそろ日も暮れて辺りに人も少なくなる。彼女を連れて、少し気晴らしに歩いてくるといい」

聖女アイシャの容貌はよく知られているが、フード付きの上着を着て髪や目元を隠してしまえばいい。

「デート。したかったんだろう?」

いつの間にやら、トオンの想いがバレていた。

アイシャはトオンに散歩に誘われた。だが周辺住民に正体が露呈するとトオンに迷惑をかけるのではないかと最初は遠慮していた。

カーナ王国にも黒髪の者はいるが、アイシャの黒髪とオカッパヘアーの組み合わせは目立つ。誰が見ても一発で聖女と判別できるように、少なくともこの国ではアイシャだけだ。

だがトオンが持ってきたフード付きの上着を見ると驚いた後で、

「行くわ。本当は外に出たかったの」

と笑った。


赤レンガの建物の外に出ると、間もなく陽が暮れるという時刻だった。

ここは王都の南地区の中でも防壁に近い外れなので、この時間ともなると人通りはほとんどない。

「本当は商店街のほうとか、連れていってあげたかったんだけど」

「ううん。ここで充分」

外に出たとはいっても、建物の裏手の道を歩くだけだった。

街路樹ともいえない樹木がまばらに生えていて、途中ベンチ代わりの切り株に腰を下ろして二人、無言で王城を眺めた。

「……気になる？」

「そうね」

太腿の上に置かれたアイシャの手が強く握り締められ、小刻みに震えている。

意を決してトオンは、これまで気になっていたことを聞いてみることにした。

「ねえ。君は聖女として、何か過酷な経験で苦しんでる人に会ったときは何て言ってたの？」

紙に殴り書きしていたように、やはり「恨まず許しなさい」と言っていたのだろうか？

「え？」

だがアイシャは心底驚いたという顔をして、茶色の目を大きく見開いていた。だが気を取り直したのか答えが返ってくる。

「ううん。何も言ったことないわ。言葉は必要ないから」

人々は聖女の近くにいて、目を合わせたり、手を握ったり、あるいはハグをしたりすればそれでもう救われていた。それ以上は言葉などかければ余計なことになってしまう。

これでは会話が続かないなとトオンが少し困っていると、アイシャは足元の地面に生えていた、葉の先が少し紫がかったバジルをおもむろに根っこから引っこ抜いた。

「ホーリーバジルだわ。庭に植えてもいい？　空気がきれいになるのよ」

「もちろん。聖女様の象徴植物だよね」

「ええ。それにお茶にするととってもいい香りなの。マルタさんからいただいたこともあるのよ」

「お袋、そういうとこマメだからなあ」

もう陽も暮れる。帰ろう、とバジルを受け取ろうとして差し出した手に伸ばされた小さな手が、トオンの手に触れた途端。

「「!?」」

バチィッ！　と青白い火花が散った。

「せ、静電気？」

かなり痛かった。トオンもアイシャも思わず手を引っ込めて指先をさする。

アイシャが目を瞬かせた後、目元を手のひらで擦《こす》っている。対してトオンは何だか少し身体が重くなった。

この出来事をカズンに話していればその後の展開も少し変わったのだが、二人ともよくあることだと気にせず、そのまま他愛のない話をしながら赤レンガの建物へと戻るのだった。


夕方の散歩から戻ってきて、アイシャが夕食を終えた後の食卓で言った。

「あのね、二人とも。私、一度故郷の村に帰ってみようと思うの」

王城から追放されたなら、聖女としての自分の役目は終わったものと考えている。

ならば故郷に帰って普通の村娘として再出発するのがいいのではないか。

だが、トオンとカズンは顔を見合わせ、意を決したようにトオンが口を開いた。

「アイシャ、落ち着いて聞いてほしい。俺たちは相談して、一度君の故郷に手紙を送ったんだ」

すると返って来たのはアイシャの家族からではなく、彼女が幼い頃まで住んでいた村の役場からだった。

「え……っ」

聖女アイシャの家族は、彼女が村を離れて間もなく全員が流行り病で亡くなっているという。

アイシャは驚愕に身動きを止めた。

「そ、そんなはずがないわ！　しかも病気でだなんて、ますますありえない！　私は村を離れるとき家に祝福を与えてきたの。病避けの加護だって……」

「その君の家も、随分前に火事で焼けてしまったそうなんだ」

「…………！」

アイシャが絶句している。

「嘘……だって、そんなの国王陛下も誰も教えてくれなかった……」

呆然として、やがて泣き出してしまったアイシャを男二人は痛ましげに見つめるしかできなかった。

そのうちカズンに促されて、おずおずとトオンがアイシャの傍らに寄り添い、その薄い背中を撫でる。しばらくアイシャは泣き続けていたが、トオンに促されて付き添われながら二階の部屋へと戻っていくのだった。


一方、王城の国王の執務室にて。

部屋の主のアルター国王と宰相が密談している。

聖女アイシャの故郷の村に、家族の安否を尋ねる手紙が届いたという。彼女の消息をそこから辿ろうとしたが、用心しているようで間に何重にも代理人や私書箱を挟んでおり、差出人を特定することはできなかった。

聖女が魔物の大侵攻《スタンピード》を防ぎきり使命を果たした後、戻る場所が婚約者と王城以外ないように、家族を秘密裏に始末する。

それが、聖女を国に留めておくための、カーナ王国の薄暗い秘密のひとつだった。

「だからこそ聖女アイシャには優しく甘い言葉をかけ続けておけと言ったのに。クーツめ、あの愚息め！」

国王が執務机に拳を力任せに叩きつける。

聖女は使い道の多い便利な手駒だ。アルター国王はアイシャの前では親切な大人の姿を崩さなかった。息子も同じだと思っていたら陰でとんでもないことを仕出かしていたときた。

「引き続き、聖女アイシャの捜索を続けさせましょう」

「ああ、頼んだぞ。聖女には死ぬまで我が国のため力を使ってもらわねばならんのだからな」

＊＊＊

『円環大陸共通暦八〇六年二月九日、アイシャ
神よ、懺悔いたします。
彼らを許せる自分になれますように。
彼らが自分の悪意と悪事を改めることができますように。
怒りや恨みを捨てられぬ愚かな私をお許しください。
どうしてもどうしても！
書いても書いても尽きないこの嵐をどうか私の中から取り除いてください！』

その日、一階の古書店の黒いゴミ箱に捨てられた紙は一枚きり。

午前中に一度丸めた紙を捨てに来てから、昼食も夕食も断って、アイシャはひとり部屋に閉じこもっていた。

「ああ……だめ、だめよ、許さなきゃいけない……でも……憎い！　私を苦しめたあの者たちが憎い！　でも、でも……ああああああ!!」

二階のアイシャの部屋のドアの外から中を窺うと、何度も何度も自問自答しては堂々巡りを繰り返している。まるで、心の病でパニックを起こしている者のようだ。

「……彼女、そろそろ危険だな」

「ま、まさか慟哭するだけで建物を揺らすなんて」

アイシャの部屋の外から中の様子を窺いながら、トオンが青ざめている。

「だから、〝腐っても聖女〟なわけだ。伊達《だて》に聖女となったわけではないということだ」

思案げな顔になって、カズンが中指で目頭付近を上に押し上げるような仕草をした。

だがすぐに気づいて、小さく笑って指を顔から離した。

「カズン。君、眼鏡を着けてたことあるの？」

「ああ、昔な、学生時代に。つい癖で。だが故郷に残してきた大事な人に預けてあるんだ」

それにしても、どうしたものか。

古い赤レンガの建物がアイシャのいる部屋を中心に地鳴りに揺れるかの如く軋《きし》んでいる。

魔術師のカズンには部屋の内部から魔力が漏れ出しているのがわかる。何かきっかけがあれば、部屋ごと破裂しそうな勢いだ。

だが、ふっ、とそんな異常事態が唐突に止んだ。

ハッとトオンもカズンも我に返る。中から聞こえていた嘆きも止まっている。

「アイシャ？　アイシャ！　入るよ、ごめんね、後から文句はいくらでも聞くからね！」

宿屋の店主特権で、部屋のドアを開ける。中ではアイシャが床に倒れ込んで、脂汗を流しながら荒い息を繰り返していた。

「アイシャ！　大丈夫かい⁉」

「トオン……」

アイシャの黒髪が、額に汗で張り付いている。

苦しそうに喘《あえ》ぎながら、アイシャは抱き起こしてくるトオンを見上げた。

「トオン……私、おかしくなってる……。神の声が聞こえなくなってるの。王城で虐《しいた》げられたことがずっと頭の中をぐるぐる何回も何回も回ってて……」

それはやはり、心の病に蝕まれた者特有の状態だ。それほど彼女の心は傷ついたということだろうか。

痛ましいと思いながら、トオンは努《つと》めて落ち着いた、できるだけ優しく聞こえるような声で、アイシャの茶色の瞳を見つめながら、言った。

「……アイシャ。何か君のために、俺ができることはある？」

「あなたが。私に……？」

「うん」

「…………」

不思議そうに小さくアイシャが小首を傾げた。

トオンは彼女が一瞬だけ、身構えるように痩《や》せ細った身体を緊張させたことに気づいた。

（それってさ。王城にいたとき、そうやって周りから攻撃され続けてきて身につけた反応ってことだよな）

言いようのない怒りがトオンの腹の底から湧いてくる。だがすぐに、それまで少し考え込んでいたアイシャが顔を上げてはっきりトオンの顔を見つめてきたことで、霧散した。

「あのね。前に私が預けたブローチ、まだある？」

「四つ葉の形をした、緑色の石が嵌《は》まったやつ？」

「うん」

アイシャの身体を支えたままカズンの方を見ると、彼が一階から持ってこようと請け負う。

トオンは腰の鍵の束から真鍮製の鍵を示して、カズンに持ってきてもらうよう頼んだ。

「このブローチは、百年前に活躍した先代聖女様から伝わったものなの。先代聖女様も、そのまた先代の聖女様から受け継いだって聞いてる」

黄金色のオリハルコンの四つ葉型の地金に、葉の形のドロップ型のエメラルド。中央には一粒のダイヤモンド。

聖女の証と呼ばれるアミュレット、魔導具である。見た目通りのアクセサリーではない。

本当ならこのブローチ以外にも、同じレア金属のミスラル銀のブレスレットやアンクレット、ピアス、指輪なども多数持っていた。ほとんどクーツ王太子たちに奪われてしまったが。

聖女が戦いに出るとき持つ錫杖や盾、宝冠などは教会預かりのため今も無事のはずだ。

「アイシャ……そんな大事なもの、預けられちゃ困るよ」

さすがに抗議したトオンに、アイシャは小さく笑った。

「だって、私にもし何かあっても、あなたなら大切に扱ってくれるって思ったから」

「アイシャ」

まだ出会って間もないのに信頼されている。

密かに感動していると、アイシャは服の裾で顔を強く擦《こす》って気を取り直したようだ。

「いつも身に着けているようにって、司祭様から言われてたの。こうして握ると神の声が聴こえてくる……」

両手でそっと包み込むように四つ葉のブローチを握り締め、アイシャが茶色の目を閉じる。

だが十秒も経たないうちに、溜め息をついて目を開けた。

「駄目だわ。何も起こらない」

眉間に皺を寄せたかと思ったら、茶色の瞳から次々涙がこぼれ落ちていく。

「私は王太子殿下だけでなく、神からも捨てられてしまったの……？」

床の上に突っ伏して嗚咽するアイシャを、トオンがおろおろと、抱き締めようかどうか狼狽《うろた》えている。

「ふーむ」

カズンはそんなアイシャとトオンを立ったまま顎に手を当てて、じろじろと、やや不躾な視線で眺めていた。

「アイシャ。お前の言う神とやらのことは知らないけどな、お前のそれはただの魔力不足だ」

「……え？」

「自分の体内の魔力の流れを確認してみるといい」

聖女と魔術師は、基本的な訓練においては似通う部分もある。そのため魔術師としてカズンは指摘したが、言われたアイシャはよく意味がわからない、というような顔をしている。

「聖女というなら、これまで魔力を錬る訓練はしてただろ？　同じやり方で体内の魔力の流れを追うんだ」

「あの、そういうのは私、わからないわ。自分に魔力があるのは知ってるし使えるけど、そういう訓練？　みたいなことはしたことない」

「は？」

「え？」

思わず互いに見つめ合ってしまった。

カズンの黒い瞳と、アイシャの茶色の瞳が合う。

何やらトオンから少し嫉妬混じりの視線を感じるが、それはまあともかくとして。

「訓練を、したことがない？」

「うん」

「それはおかしい」

またひとつ、聖女アイシャの〝おかしい〟が増えた。

「じゃあ、これまで魔力を使って消耗したとき、どうやって回復してたのだ？」

「え？　魔力は毎日食事して眠れば戻るものでしょ？」

「……それは普通の生活をしている魔力使いの話だ。お前みたいに、聖女として大量の魔力を使う役割の者がそれでは、回復しきれず枯渇してしまう」

溜め息をついて、カズンはアイシャの肩に右手を乗せた。

「僕の魔力を少し分けてやる。それでその魔導具を使えるはずだ」

そのままの姿勢でカズンが目を閉じ、深く深呼吸する。

すると、カズンの着ていた白いシャツの胸元の辺りに、光の輪が浮かぶ。

フラフープを通したような、あるいは、かつてカズンが生きていた異世界では土星の輪と例えられそうな、平たい光の帯でできた輪だ。

「それ、環《リンク》ね。そっか、あなた新世代の魔力使いなんだ」

「そういうことだ。旧世代の魔力使い、聖女アイシャよ」

目の前で交《か》わされる会話の意味がわからず、トオンがアイシャとカズンを交互に見てくる。

(まあこんな光景見せられたら、頭の中は疑問符で一杯だろうな)

「トオン、詳しいことは後で説明してやるから。……アイシャ。もう魔力は足りてるな?」

「十分よ。珍しいわね、あなたニュートラル属性の魔力の持ち主なの」

「偏《かたよ》らない在り方を選んだ〝バランサー〟だからな」

アイシャが身を起こし、ブローチを左の手のひらの上に乗せる。

「……カズンの魔力を聖なる魔力に変換。魔導具〝聖女の証〟に充填……」

発動、とアイシャが宣言すると同時に、世界がホワイトアウトした。

「……ここは?」

アイシャの部屋がホワイトアウトするのに巻き込まれて、気づいたら三人は荒野に立っていた。

その光景も次々と目まぐるしく移り変わっていく。

「このアミュレットのブローチ……聖女の証っていうんだけどね。聖女が何か困ったことがあれば自分の魔力を込めると助けになるって伝わってるの」

「この感じだと、歴代聖女の魔力と一緒に記憶が封入されてる感じか。アイシャ、この光景はいつの聖女の頃かわかるか?」

「……今のカーナ王国にこんな茫漠《ぼうばく》とした荒野はないから……あっちに見える山の形からすると、ここは後に王都になる場所ね。多分、初代聖女様の頃じゃないかしら」

トオンは驚くばかりで声も出ない。

次々変わっていく光景は、アイシャとカズンの会話に反応するように、意味の通じるものへと変わっていく。

カーナ王国の始まりは五百年ほど前になる。

今の王都は荒野を切り拓《ひら》いて作り上げてきたものだ。最初そこは邪悪な魔力の吹き溜まりになっていて、魔物や魔獣が生まれては引き寄せられる穢《けが》れた忌み地だった。

そこにやってきたのが、後のカーナ王家となる一族である。

しかし穢《けが》れた土地を前に途方に暮れていたところ、当時、円環大陸を旅していた修行中のある聖女が浄化して人が住める場所にしてくれた。その聖女はエイリーという名前が伝わっている。

だが、穢《けが》れた土地の邪悪な魔力は完全には無くならなかった。

後にカーナ王国の建国王となる男は、浄化を終えてまた旅に出ようとした聖女エイリーに懇願した。

『このまま、この地に留まってほしい。人々が安心して暮らせる国を作る手助けをしてほしい』と。

だが聖女エイリーは断った。まだ自分は修業中の身だからと。

すると国王は愛を捧げ生涯大切にするからと、聖女エイリーに求婚した。——彼女は受け入れた。

初夜の後、カーナ王国の初代聖女エイリーはあるひとつのアミュレット、現在では魔導具と呼ばれるものを作り、夫となった国王に差し出した。

現在では〝聖女の証〟と呼ばれている、四つ葉のブローチと、そのブローチを嵌《は》め込む台座のセットだった。台座は、ここ王都地下の古代生物の化石を加工した正方形のブロック状の石だった。上面にブローチを嵌《は》め込めるようになっている。

『やはり聖女の私は、一ヶ所に留まり続けることは難しいようです。けれどこのアミュレットを用いて契約を結ぶなら、この国のためだけに生きることが可能となります』

聖女は本来、世界の調整器であり、世界の理《ことわり》を擬人化した存在と言われている。

その聖女を一国のためだけに縛り付けることは本来なら許されない。

だが、聖女は国王を愛し、受け入れてしまった。愛する男とその国を護りたいと思ってしまった。

それは聖女としては犯してはならない罪だったが、何事にも抜け道はある。

『私はこの国に留まり加護を与えるため、国の王であるあなたに代償を求めます。あなたに差し出せるものはありますか』

国王となった男は間髪入れずに答えた。

『お前を生涯愛すと誓う！』

だがその言葉に聖女は首を振った。

『人の情熱はそう長くは続きません。私もやがて老いて醜くなるでしょう。そのときあなたの愛は私にはない』

もっと確実な誓いをせよと聖女に説明されて、国王が出した答えは。

『ならば私はお前を大事にする。掌中の珠のように深窓の姫君のように何よりも大事に慈しむことを誓おう』

すると聖女はにっこりと微笑んで、自分の魂の一部を台座へと封入し、代わりに自分の装束の胸元にブローチを着けた。

『あなたが誓いを守り続ける限り、私の加護はこの国を遍《あまね》く照らすことでしょう』


「……えっ？」

気づくと、元の宿屋のアイシャの部屋に三人、戻っている。

「今のはいったい……？」

トオンが呆然とした声をあげる。だが、もっと呆然としていたのはアイシャだ。

「ね、ねえ、今見た光景の中にあったブローチ、これと同じものだったわよね？」

「間違いない」

「お、俺も見たよ、アイシャ！」

頷いて、アイシャは四つ葉のブローチを部屋の明かりにかざし、角度を変えて何回も確認していた。

「思い出したわ……聖女だと分かって村から王都に連れて来られたとき、最初に教会預かりになる前に、一度王城に連れて行かれたの。そのとき台座に嵌《は》め込まれたままのこのブローチを見たわ」

また手のひらの上にブローチを戻し、そこでもしげしげと見つめた。

「……何だか嫌な予感がするけど……。アイシャ、君もしかしてそこでブローチと台座の前で何か誓ったんじゃ……？」

トオンに訊かれて、はたとアイシャは我に返った。

途端、ぶわっとアイシャの身体からネオングリーンの莫大な魔力が吹き出す。

部屋の窓が揺れ、赤レンガの建物が軋《きし》む。内側から破裂しそうだった。

「あ、アイシャ……？」

魔力の本流に押し流されそうになって、思わず隣にいたカズンに抱き着いてしまったトオンが、恐る恐る様子を窺う。

「したわ」

「え」

「契約。このブローチと、さっき見た台座の前で。契約、したわ」

「「…………」」

無言のまま、無表情のアイシャの茶色の瞳と、トオンの蛍石の薄い緑色の瞳で見つめ合う。かなり長いこと。

「……どういう契約、したの？」

恐る恐る、訊いてみることにした。

「話すより見たほうが早いわ。カズン、もうちょっと魔力貰うわよ」

「ち、ちょっとアイシャ、おい勝手なことを!?」

とカズンが了解する前に、細い腕を伸ばして無理やりカズンから光の輪、環《リンク》を引き出して魔力を頂戴する。四つ葉のブローチを媒介にして、過去をまた部屋の中に投影させた。

現れた光景は、王城内のサロンだろうか。

壁際に飾られた花々、美しく飾りつけられたティーセット、軽食や菓子の数々。

そこでまだ七歳そこそこだったアイシャは、国王夫妻に婚約者になるという三歳年上のクーツ王太子と引き合わされたのだ。

クーツ王太子は興味のなさそうな、つまらなさそうな顔をして、大人たちの話を聞いていた。

そしてアイシャを紹介されるなり、がっかりしたような顔で、

『これが私の婚約者になるのですか。いやだなあ。可愛くも美人でもないじゃないか』

そう言い捨てた本人はとっとと外に出てしまった。

ショックを受けているアイシャを国王や王妃が必死で宥《なだ》めてきて、菓子をしきりに勧めてくる。

貧しい村娘だったアイシャが食べたこともないような、甘くて美味しい菓子や飲み物の数々だ。

それらに夢中になっていると、王太子と同じ金色の髪と紫色の瞳を持った国王が優しげに話しかけてきた。

『アイシャ。君は聖女なんだ。わかるかい？』

「はい」

アイシャが答える。村に来た司祭が〝人物鑑定スキル〟の持ち主だった。彼がアイシャの能力値を確認するとステータス欄に〝聖女〟の文字が表示されていたから間違いない。

『聖女として、この国を護ってくれるかい？』

バターの香り漂う焼き菓子を差し出されながら、そう訊かれた。

「はい」

またアイシャは答えた。

焼き菓子を受け取って、すぐ口に含む。柔らかく甘く香ばしい焼き菓子の風味が口の中いっぱいに広がり、鼻の奥へと香りが抜けていく。こんなに美味しいものは食べたことがなかった。

『どんなに辛いことがあっても最後まで聖女の務めを果たすと、約束してくれるかな？』

今度はアイシングのかかったクッキーを差し出されながら、訊かれた。

「つらいことって、なあに？」

『…………』

国王は手に持ったクッキーを引っ込めた。

「あっ」

そのクッキーにアイシャが手を伸ばすが、国王は同じ言葉を繰り返した。

『どんなことがあっても、聖女の務めを果たしてくれるかい？』

「わかった！　わかったからそれちょうだい！」

頷くと、国王は笑顔になってクッキーをアイシャの小さな手に握らせてくれた。

アイシャはそれをすぐ口に含む。アイシングはレモンだ。甘酸っぱくて、ほろりと口の中で崩れるバタークッキーと合わさってとても美味しい。

『アイシャ、約束してくれるね？』

「約束したら、もっとおかしくれる？」

『ああ。いくらでも。お菓子でもご飯でも、何でも好きなだけ食べさせてあげるよ』

「じゃあ、わかった！」

アイシャの返事に満足そうに頷いた国王は、それからまた菓子を食べていたアイシャの前に四角い石の塊を持ってきた。上部には金色で緑色と透明に輝く石が嵌《は》め込まれた、四つ葉のクローバー形の平たいブローチが嵌《は》まっている。

『ならアイシャ、君は今日からこのカーナ王国の聖女だ。これは聖女になった君へのご褒美だ。代々の聖女様の宝物だよ』

「わあ……きれい……」

思わず手を伸ばしたアイシャを、誰も咎《とが》めなかった。

子供のアイシャの小さな手がブローチに触れる。

その瞬間、バチッと小さな静電気の火花が立った。

「…………？」

不思議そうにアイシャがブローチと自分の手を見る。だがその間に、横から伸びてきた手袋を嵌《は》めた国王の手がブローチを取り、アイシャの服の胸元に付けたのだった。

『これで聖女アイシャとカーナ王国の誓いは成された。命尽きるまで、その身を捧げよ』

「「「…………」」」

唐突にまたアイシャの部屋に戻る。三人は無言だった。

「……詐欺、じゃないか？」

「詐欺よね」

「騙し打ち。汚い。カーナ王国の国王、汚いにも程がある」

要するにまだ幼い子供だった当時のアイシャを騙すようにして、一方的な契約を結ばせたというわけだ。

「『命尽きるまで』か。……まずいな、このままだとアイシャはこの国から出ようとしたらペナルティがあるぞ」

カズンが難しい顔をしている。端正な顔立ちの男前だから考え込んでいる姿はなかなか絵になるが、生憎ここには、いい男に騒ぐ類の女子はいないのだった。

「ペナルティって……じゃあアイシャはまた王城に戻らなきゃならないってこと？」

「それはこれから検証しないとだが」

「……ねえ、ちょっと確認したいんだけど」

トオンとカズンの会話を、アイシャがことさら低めた声で遮《さえぎ》った。

「国王陛下が仰《おっしゃ》った言葉なんだけど、二人とも聞いたわね？『お菓子でもご飯でも、何でも好きなだけ食べさせてあげるよ』って言ってたわよね？」

「……ああ、間違いない。僕もそう聞いた」

「俺も。間違いないね」

「…………」

アイシャの身体から再び魔力が吹き出してくる。

これはトオンにも意味がわかった。間違いなく怒りだ。それも、ものすごく怒っている。

「ねえ。ゴミが入ってたり、腐ったものの入った食事って、その条件に当てはまると思う？」

「思いません」

声を揃えて断言されて、アイシャは満足そうに頷いた。

だがすぐに、また以前のような影のある表情に戻ってしまう。

「……このブローチを使った契約を結ばれたとき、私も初代聖女様のように自分の魂の一部をあの台座に奪われてると思う。台座を確保できれば、不利な契約を国側の不履行によって破棄できると思うの」

「まあ、契約以前に聖女にしてはならない、とんでもない扱いしてるからな、カーナ王国」

円環大陸では、全土に渡って聖女や聖者信仰が存在する。人によっては大陸全土を巡って、各地の聖者や聖女に会いに行く旅をする者もいる。

カーナ王国の聖女アイシャの不遇は、そのような聖女巡礼の旅人たちによってそれぞれの故郷の教会に報告され、教会経由でとある国へ報告が上げられていた。

それが巡り巡って、魔術師カズンの師匠筋の一人に教会経由で伝わり、こうしてカズンがカーナ王国へ調査のためやってきたというわけである。

＊＊＊

その国の名を、永遠の国という。

この世界唯一の巨大大陸である円環大陸は、名前の通り円環状、ドーナツの形をした大陸だ。

その中央部に、周囲を水に囲まれた小国がある。人口は一万人もいないとされている。水に囲まれた孤島のような立地で外部から実態はほとんど掴めていないが、存在感だけは抜群だ。

なぜならこの小国、円環大陸の中でもっとも古い時代から存在している国で、世界の真の支配者がいるのだ。人類の古代種にして上位種、〝神人〟あるいはハイヒューマンと呼ばれる者たちが治める国だった。

その神秘の国は、人間たちの国に支援はしても、通常なら余計な口出しや手出しはしない。

だが実は聖女というのは、本来ならこの永遠の国の聖職者であることが理想とされている。

「だから永遠の国のハイヒューマンたちはカーナ王国の聖女たちのことをすごく心配している。ところがそのカーナ王国は自国で貴重な聖女を囲い込んで、国外に出そうともしない。……監視対象だったのさ」

円環大陸では魔力を持っていて、魔法や魔術を使いこなす人間を総称して〝魔力使い〟と呼ぶ。

大抵は魔法使い、魔術師、魔女などと大雑把に分類されている。

その中で、聖女と聖者は最も莫大な魔力を持つ存在である。恐らく、アイシャのような聖女とは、人間の上位種ハイヒューマンに〝なりかけ〟の存在ではないかと考えられている。

「その環《リンク》って、さっきカズンの胸元に出てきた光る輪っかだよな？　それって何なんだ？」

アイシャは知っているようだった。しかし、トオンは知らない。環《リンク》、そして魔力使いの旧世代や新世代とはどういう意味なのだろうか。

「そうそう、その話があったな。だがまあ、その前にとりあえず飯だ。腹が減っては魔力が出ない」

今日はアイシャも、朝少しだけスープを口にしたきり。

「それに、女性の部屋にいつまでもいるのは良くない」

とカズンに言われてトオンもようやく、ここがアイシャの部屋で、自分たちが許可なく勝手に入ったことを思い出した。

「そ、そうだった！　……ごめん、アイシャ。部屋の中、入っちゃって……」

「？　気にしないで。もう部屋に盗まれるようなものもないし、鍵もかけてなかったぐらいなんだから」

「そそそ、それは駄目だ！　二階にはカズンの部屋もあるんだよ、彼だって立派な男なんだから！」

トオンがアイシャを諭している。必死だなあとカズンがくつくつ笑う。

「安心しろ、僕には故郷にちゃあんと恋人がいる。すごく嫉妬深いんだ、他国だからって羽目を外すようなことはしない」

「こう言ってるけど、男は皆、狼だからね。ちゃんと用心するんだよ、アイシャ」

「おい」

もうすっかり夜だ。

いつまでも部屋で話し込んでいないで、三人は階下の食堂へ降りることにした。

「今日は朝からパイ生地を仕込んであるんだ。故郷から知り合いが鮭を送ってくれてな」

オーブンを温めながらカズンがうきうきと食事の準備をしている。

支度ができるまで、トオンはアイシャと一緒にオリーブの浅漬けを摘《つま》んでいた。

「え、カズンの故郷ってどこ？」

「大陸北西部のアケロニア王国だが」

「魔法魔術大国じゃないか！」

魔石や魔導具の輸出で有名な国だ。王族や貴族のほとんどと、国民も多くが魔力を持つ魔力使いという、大変珍しい国だった。自然豊かで風光明媚な土地としても知られている。

近年、ちょうど国王が代替わりして女王が即位したことは、ここ大陸西部のカーナ王国でも新聞で特集が組まれていた。

「まだこの国に来て手紙を出してなかったのに、どこから聞いたものか僕宛に冒険者ギルドに荷物が届いていたんだ。……ほんと、どこから情報入手したんだろう？」

何やらブツブツ言っているが、要するにそれが〝嫉妬深い恋人〟なのだろう。

赤ワインソースを添えた、焼きたてのスモークサーモン入りのパイは絶品だった。

なお付け合わせはアスパラやジャガイモ、ニンジンなど野菜の素揚げだ。

パイの具は軽く塩胡椒しただけのスモークサーモンのみ。お魚さんの形で作り、ひとり二切れずつサーブした。パイはカズンが奮発して市場で買ってきたバターの香りがもうすごい。さっくり噛み締めるほどに口の中が幸福である。

これに、ぶどう酒を煮詰めて作ったソースがまた合うのなんの。

「あ、あのね……お代わり、してもいい？」

おずおずと恥ずかしそうにアイシャが空いた皿を差し出してくる。

「うむ。たんと食って育つがいいぞ、アイシャ」

「もうっ、私もう十六よ？　これ以上大きくなんてならないわ」

「まだ成長期だろう。僕なんて成人してからも背が伸びた」

背は伸びずともアイシャはとにかく肉を付けるのが最優先だ。

だからカズンは意図的に毎日の食事に脂っ気を入れる。もう少し肥えてきたなら、肉や魚などバランスを考えようかな、などと計画している。

一緒に出していた野菜スープも含め、いつになくたくさんの量を食したアイシャに、トオンも安心したような優しい目で彼女を見つめている。

トオンも何かとアイシャを気にして、外に出たときは果物や菓子を彼女のために買い求めては、さりげなく渡して食べさせていた。

アイシャの顔色は日に日に明るさを取り戻している。良い感じだ。

「さて、それで環《リンク》の話だったか」

話をするには、実物を見せたほうが早い。

食後、食卓でホーリーバジルのハーブティーを入れた後で席に座り、カズンは目を閉じた。そして深く深呼吸をする。

すると彼の胸元には、光のリング状の帯が胴体を通すように浮かんだ。光の輪は昼の太陽のように明るい。カズンの指先が輪の表面に触れると、すぐに室内灯ぐらいの明るさまで抑えられた。

「簡単に言うとだな、この環《リンク》を使う者を魔力使いの新世代。使わない魔力使いを旧世代という」

「環《リンク》、私も話だけは聞いてたわ。もう世の中的には新世代が随分増えているそうね」

「魔力使いの新旧ってことか。それで新世代がカズンで、旧世代がアイシャ。二人にはどんな違いがあるの？」

「それはだな……」

問われてカズンが魔力使いの歴史や成り立ちを一から淡々と解説し始めたので、トオンは慌てて「簡潔に！　わかりやすくお願いします！」と釘を刺した。

「まあ、わかりやすく言うなら、旧世代は自分の持つ魔力で魔法や魔術を使う。足りない分は代償方式と言って、他者から奪うとか、何かを犠牲にして獲得する。ほら、ご祈祷などで供物を捧げるだろう？　あんな感じだ」

「新世代は？」

「自分の魔力ベースなのは旧世代と同じだ。ただし、足りない分は環《リンク》を通じて外界から調達できる。人や物、自然などの環境、——何より世界そのものから」

ちなみにこの世界では、魔法は創造的で芸術的、魔術はテクニカルで職人的、などと区別されている。

「魔力調達の手段に〝代償〟を求める術を使うかどうか。それが旧世代と新世代を分ける特徴だ」

「代償……それってさ、さっきアイシャの部屋で見た過去の初代聖女様も言ってたやつ？」

「そう。彼女も聖女だから魔力は莫大なものを持っていたはずだ。だがそれでもこの国に留まって加護を与え続けるには足りなかった。だから国王に〝代償〟を求めたのだな」

初代国王が差し出した代償は、己が聖女を大事に扱うという誓約だった。

結果として、カーナ王国は吹けば飛ぶような小国でありながら、五百年経った現在も円環大陸でそれなりの存在感を持った王政国家として存在している。〝聖女〟が必ずどの時代にも出現する国として。

「先ほど見た建国期の過去の場合。初代国王が初代聖女エイリーを……。おい、わかるか？　男と女が……」

とカズンはトオン、アイシャの順に不躾にならない程度に指を差した。

「庶民の男女だって、結婚は大きなイベントだろう？」

「つ、つまり……？」

その例えでなぜ自分とアイシャを使うのか。

トオンは抗議したくなったが、藪を突いて蛇を出したくなかったので懸命にも口をつぐんでいた。その頬はうっすらと染まっている。

「つまり、初代国王による『聖女を大事にする』との誓いは、相当重かったというわけだ。その意義の重みを初代聖女エイリーは代償として受け取り、魔力に変換したということだろう」

「なるほど……？」

トオンには想像もつかないような世界の話だ。

「この代償方式というのが曲者でな。過去には平気で人間を生贄にして黄金に変えるような邪道に堕ちた者も出たぐらいだ」

「い、生贄!?」

それこそ、おとぎ話の話でしか聞いたことがない。

「環使い《リンク》はこの光のリングを通じて自分以外の世界や人々から魔力を調達できる。だから通常ならそんな大きな誓約をする必要もない」

「え。でも、自分以外から勝手に魔力を貰うってことだろ？　それって代償を要求するよりタチが悪いんじゃ？」

そのトオンの疑問はもっともだ。

だが、カズンはニヤリと笑って、その黒く光る瞳でトオンの蛍石の柔らかく薄い緑色の瞳を覗き込んできた。

「新世代の使う環《リンク》の面白いところは、ここからだ。そもそも、環《リンク》は自分の欲望のために人を傷つけるような者には発現しない」

「へ？」

また意外な話が出てきた。

「環《リンク》や代償のことを理解するには、開発者の環《リンク》創成の魔術師フリーダヤと、そのパートナーの聖女ロータスを知ることだ。僕はそのフリーダヤの一番新しい新米弟子でな」

どうやらカズンは大変な有名人の関係者だったらしい。

環《リンク》創成の魔術師フリーダヤは、円環大陸で最も名前と業績を知られた魔術師だ。およそ八百年ほど前に、環《リンク》の術式を開発し、条件さえ満たせば魔力を持つ・持たないにかかわらず、誰でも魔法や魔術が使える道を開いた。その偉業は、魔力使いたちの世界を旧世代と新世代に分断し、新たな時代を切り拓いた。

「環《リンク》の正式名称は『統合魔法魔術式』というんだが、見た目の円環状の光の帯と、自分以外とつながる性質から取って簡単に環《リンク》と呼ぶようになったんだ」

環《リンク》創成の魔術師フリーダヤは、薄緑色の長い髪と瞳の、真っ白な長いローブ姿にヒイラギの葉を象徴として持つ、人好きのする若い優男としてのイメージ像が円環大陸で広まっている。

「フリーダヤは、この円環大陸の中央部にある永遠の国所属の魔術師だ。年は八百歳を超える。同じ八百歳以上と言われる聖女ロータスのパートナーだ」

魔力が高い者には稀《まれ》に、〝時を壊す〟という寿命を消失する現象が起こる。彼らはその体現者でもあった。

「元は医師の息子で一般人だったフリーダヤだが、美しいロータスに一目惚れして同じ師匠に弟子入りしたんだ。だが相手が悪かった。ロータスは典型的な旧世代でな……。力を得るためなら何を犠牲にしても構わないという女だった」

それからカズンが語った実際の本人たちのエピソードは、魔力使いたちの世界では有名な話だそうだ。


およそ八百年ほど前のこと。ラベンダー色の髪と空色の瞳を持つ美しき女性ロータスは、力を追い求める魔女だった。

だがどれだけ長い年月を修行に費やしても満足できなかった彼女は、自力の修行を諦めて、雷に撃たれることで莫大な魔力を得る蛮行に出た。結果として聖女に覚醒するほどの強大な力を得たが、雷光を浴びた彼女は〝代償〟として視力を失った。

ロータスに恋していた青年フリーダヤは、彼女の美しい瞳が失われ、二度と自分の姿を映さなくなったことに絶望した。そのときショックのあまり〝自分〟というものが抜け落ちて空白になってしまった。その瞬間、彼の中に虚空が生まれて世界の理と繋がった。

「僕が本人から聞いた話では、血を吐くような思いで『代償を支払うことなく力を得る方法はないのか!?』と絶叫したそうでな。それが世界に発する〝問い〟となった。世界がフリーダヤに示した〝答え〟こそが環《リンク》だったと」

そのとき、今の環《リンク》の原型になった光の円環が本人の頭部に出現したと現代まで伝わっている。

輝く光の円環は青年フリーダヤの、恋した女性の視力の喪失の悲しみを癒やし、絶望から抜け出すことを助けた。

以降、彼は光の円環を誰でも、ロータスのような極端で致命的な代償を払うことなく使える術式として、環《リンク》を確立した偉大なる魔術師となった。その後、聖女となったロータスも環《リンク》の価値を認めて、自分自身も環《リンク》の使い手となった。

この瞬間から、魔力使いの世界は旧世代と新世代に分たれることになる。

ただし、ロータスだけは視力を力を得る代償に捧げた経歴から、旧世代の特徴を残しながらも新世代の環《リンク》使いになったことで、新旧の掛け合わせ《ハイブリッド》と呼ばれている。

「それが環《リンク》の始まりかあ」

「この話は、フリーダヤが絶望の果てに虚空に自分を開いたってところがポイントだな」

言って、カズンは自分の環《リンク》を胸回りに出した。

「人によって、環《リンク》が安定する位置は違うみたいね」

「その通り。光が強ければ強いほど、魔力使いとしての力も強い。輪が下にある者ほど力が強く、上にある者は知に優れる。……聖女ロータスの環《リンク》は足元に、魔術師フリーダヤは頭部にある。対照的な二人だ」

「カズンみたいな胸元に来るタイプは調和かな？」

魔力の属性もニュートラルだし、とアイシャが鋭く指摘した。

「そう、僕は魔術師だがバランサーといって、物事のアンバランスを整えたり、調停するのが得意だ」

今回、カーナ王国の聖女の実態調査を任されたのも、その特性を見込まれてのことらしい。

「環《リンク》発動の条件は？」

ホーリーバジルのハーブティーを飲み干したアイシャが、単刀直入に切り込んだ。

「『執着を捨てること』だ。代償を求めてまで力を欲するような、己の執着から離れること。……つまり、視力を代償に力を得たロータスの在り方に、真っ向から対抗した術なわけだ」

「話を聞いていると確かに、私みたいな旧世代の聖女にとっても対極的なことばっかり」

環《リンク》を光らせているカズンと違い、アイシャは今、何も魔力を光らせていない。聖女として強い力を持つことは様々な現象から疑いようがないが、目に見える証があるかといえば、ない。

おもむろにアイシャが食卓の上の籠から、カズンが焼いてあった丸パンをひとつ手に取った。

「このパンを王城の人たち……そうね、クーツ王太子殿下に見立てるとするじゃない？」

「お、おう」

アイシャは自分の手のひらより一回り大きいぐらいのコーンミール入りの丸パンの端と端を両手で掴んだ。そして思い切り左右に引き千切った。

「わ、わわ……」

真っ二つになったパンからパンクズが食卓に飛び散る……かと思いきや、すかさずカズンが下に置いた皿の上に落ちた。

「手を付けたのだから、腹一杯でもちゃんと食べてくれよ？」

ついでに蜂蜜の瓶とハニーディッパーまで厨房から持ってきた。いつの間に。ん、と少し膨れたような顔つきでアイシャは頷いた。

「こんな感じで引き裂いてやりたい、って恨みや怒りが消えるまでは、私に環《リンク》は使えないと思うのよ」

「そ、そうだね……ある意味すごい執着だもんね……」

（や、八つ裂きにしてやりたいぐらい恨んでるってこと……？　そりゃ無理もないけど）

引き千切った丸パンに蜂蜜をたっぷり乗せて、アイシャがかぶりついている。

パンを食べるアイシャのために、カズンがまた新しいハーブティーを入れ直している。

「とりあえず、アイシャの力の一部が王家に握られているのが問題だ。何か王城に忍び込む方法を考えることにしよう」

カズンの提案に、トオンもアイシャも頷いた。

まだアイシャが幼い頃に王都に連れて来られて、意味もわからないまま騙し打ちで結ばされた契約の魔導具。四つ葉のブローチ形をした聖女の証と、その対になった魔導具を確保したい。

「これから、何をするべきかはわかったわ……」

お代わりまでしたサーモンパイやスープを食し、更に丸パンまで収めてアイシャは胃袋の辺りを苦しげに撫でている。

「アイシャ。まだスッキリしないなら、書き続けたらどうだ？　ほらトオン、裏紙を掻き集めてこいよ」

そう、新聞の誌面上での聖女投稿はまだ続いている。

「あ、ああ、そうだね！　アイシャ、いくらでも書いていいからね。書き終わった紙ゴミはちゃんと捨てに来るんだよ」

「……わかった」

受け取った裏紙の束とハーブティーのマグカップを持って、アイシャは二階の部屋へ戻っていった。階段を上がる小さな足音に続いて、ぱたん、と二階でドアが閉まる音がした。

そこでようやく、トオンは詰めていた息を吐き出すことができた。

「……食後に散歩行かないかって、誘いたかったんだけど」

溜め息をついて、手のひらで顔にかかる金色の前髪をかき上げた。

「今晩は聖女投稿の続きを清書すればいい。ほら、さっきのパンのエピソードも添えて」

というカズンの助言を元にトオンが添えた手紙の内容が、また新聞に聖女投稿の一部として掲載された。

すると王都のパン屋では人型のパンが作られ、客たちが顔や手足を千切りながら食べては聖女アイシャの無念を晴らそうとする行為が流行する。さすがに不敬だとすぐ下火になったが、いまだ人々の間で聖女アイシャの影響力が残っていることを表すエピソードのひとつとして、後日また新聞の誌面で識者が語るのだった。

『円環大陸共通暦八〇六年二月九日、アイシャ（夕食後）

思い出すたび、私はいったいどのようにすれば良かったのだろう。わからないことばかり。

王城でのことを思い出すと、やはりクーツ王太子殿下と公爵令嬢ドロテア様への不快感や苛立ちが襲ってきて辛い。

こうして紙に書き出すと少しだけ気が晴れる』

『王太子殿下をはじめとして、おかしな者たちが増え始めたのはいつからだったか……

聖女のアミュレットを殿下たちに奪われ始めた頃からだ。

浄化力の強い金やミスラル銀のアミュレットは一見するとただのアクセサリーにしか見えない。

殿下たちがアミュレットが良い値で売れたと話しているのを耳にした。金銭に代えられぬ貴重な宝物を売り払ったのかと、絶望したときの気持ちがまだ私の中から消えていない。

国の浄化には、私だけの自力では時間がかかる。それを補助してくれるのが、あのアミュレットたちだったのだが。

それでも私は頑張って日々祈り力を使い続けていたが、王城での王太子殿下や貴族たちの行いは増長していくばかり。

諫《いさ》めてくれるはずの国王陛下や王妃様もいないと、ますます酷くなっていったっけ……』

『聖女の私が注意した時点で改めれば、許される。まだ取り返しがきくからだ。

神は許し、本人には祝福が与えられたことだろう。

だが私が注意や忠告して改めた者は少ない。中には激高し、私をあざ笑い、手を上げ傷つけてくる者もいた。

神はこのような者すら許せと言うが、どのように許せばいいかがわからない。

私は国の聖女だ。だから、国を損なう者を許容できない。

でも、ああ……許さなきゃいけないのか。どうして。

許すよりさっき食べたコーンミールのパンみたいに引きちぎってしまいたいぐらいなのに。

すべてを許せるようになるまで、私はいったいどれほど修行を積まねばならないのだろう』

『せめて、聖女の私の忠告は聞いてほしかった。

人々の幸福と発展に寄与せよとは教会の教えだけど、聞く耳持たぬ者に恩恵は与えたくないものだ』

その聖女投稿が掲載された後、国王はまた頭の痛くなる報告を聞いていた。

「聖女のアミュレットの回収率はどうだ？」

「まだ一割にも満たず……。特に国外に流出したものは他国が積極的に買い求めて隠してしまっているようで……」

宰相はもはや諦め顔だ。

「……クーツの復権はますます困難だな……」

聖女投稿では家臣の犯した詐欺、汚職、横領などにも触れられているものがある。それら犯罪のいくつかに、クーツ王子が絡んでいることも示唆されていた。執心の公爵令嬢まで巻き込んで。

（その公爵令嬢が、よりにもよって……）

「無期限の謹慎として、頃合いを見て臣籍降下と爵位を授け、地方に封じるしかないでしょう」

「あれでも可愛い息子だ。手元に置いておきたかったが……」

王城には日々、聖女アイシャへの虐待に対する批判の手紙が山となって届いている。その中にはちらほらと、他国からのものも混ざり始めた。

なお、聖女アイシャを追放する原因のひとつだった、元王太子クーツの本命だったクシマ公爵令嬢ドロテアはといえば、クーツとの婚約をアルター国王が認めないうちに、慌てた父公爵によって他国の貴族令息との婚約が決まったと報告があった。

しかし聖女投稿の内容を精査すると、彼女も詐欺行為の片棒を担いでいたことが判明している。その婚約もすぐに破棄されることだろう。

＊　＊　＊

「なぜ、聖女アイシャが元王太子や貴族たちから虐《しいた》げられたのか。きっかけが、僕には少し理由がわかる気がする」

と二階の宿屋の寝具の天日干しを手伝ってくれながら、カズンが言った。

今日は朝から良い天気で、トオンはこの後、洗濯もするつもりでいる。

「理由って？」

「僕は故郷じゃなかなかいいところの家の出身だったんだ。家族から甘やかされていて……だから国を出てみて、如何に世の中、王族だの貴族だのが虚飾に満ちた連中かというのを知ったんだ」

彼が〝いいところ〟の坊ちゃんであることなら、トオンは最初会ったときすぐわかった。

背筋は真っ直ぐで姿勢も正しく礼儀正しいし、言葉も明確でハッキリしていて、何より端正な顔立ちで魔力持ち。平民の格好で旅をしているが、元はどこかの貴族か相当裕福な家出身だろうと見当がついていた。

「世間を知ったってやつ？」

「そうそう。国では家の者たちが何でもやってくれたからさ。持ち物や服、髪から何からピシッとな。だけど旅に出たら全部自分でやらなきゃならないだろう？　髪も伸び放題、服も裾がほつれてくる、そうなると周りの人たちの目も厳しくなってきてさ」

だからカズンは旅の間も、髪は短く切り揃え、衣服など身だしなみもできるだけ人々の印象が良くなるよう整える努力をしていた。

「アイシャは何ていうか、まあまあ可愛い顔はしてるけど、貴族の令嬢たちみたいな身だしなみはしてないだろ？　そういうところが、良くなかったんだと思う」

「でも王太子の婚約者だったんだぞ、アイシャは。それは王太子とか国がやるべきことだったのに」

とはいえ確かに、この古書店兼安宿に最初にアイシャがやってきたとき、トオンは「普通の女の子だなあ」という少し肩透かしを食らったような印象を持った。特にトオンは、王城の下女の母親から聖女アイシャの話をよく聞かされていたから、自分の中で聖女に憧れ、美化していたところがある。

それが一緒に食事やお茶をして親しく話すようになってみると、聖女とはいえ案外、年相応の笑顔が可愛くてドキッとさせられる。意外と鋭い口調で端的に物事を言うところも、好きだ。

（好きになっちゃったんだ。……だから何かアイシャのためになることをしたい）

「まあ、最初に引き取られたのが質素倹約が旨の教会だったなら仕方ない。周りもその辺に気を使ってやれば良かったのだろうが……」

時間があるとき、カズンはこの赤レンガの建物を出て情報収集に回っている。

その中で王都の教会関係者と連絡がつき話を聞きに行ったところ、彼らも聖女アイシャの新聞への告発『聖女投稿』にはパニック状態だった。

アイシャは国の聖女だったが、厳密にはカーナ王国の教会所属だ。それがなぜ、王太子に追放される前に保護しないのかと、国民の非難と攻撃の矛先は教会まで向き始めている。

「教会も、アイシャがあんな酷い目に遭ってたってこと知らなかったんだって？」

「らしい。教会では聖女として人々の尊崇を集めてたから、まさか王太子の婚約者として王城住まいとなった後に、と司祭たちも驚愕していた」

カズンが話を聞いてきた限りでは、教会はアイシャの味方のようだ。

「……アイシャは力のある聖女なのが裏目に出たな。ボロを着ててもあれだけ祥兆《しょうちょう》を起こすんだ、錦で飾りたてるまでもない、と判断されてしまったか……？」

そもそも聖女や聖者には清貧のイメージがあるので、豪華な装いがそぐわないというのもある。

それに、庶民でも女性は長い髪が多いこの国で黒い髪の前髪も横一直線、切りっぱなしのオカッパヘアーなのも貴族たちから受けが悪い理由のひとつだろう。

「あれ、本当は男みたいにもっと短くしたかったらしいよ。地方への視察や遠征のとき髪の手入れなんかしてられないからって」

「なかなか美しい黒髪なのにな。あれが巻き毛だったり、貴族令嬢のような編み込み入りのハーフアップにでもしてたら、また人々の印象は変わっただろうに」

「……それ、聖女に何か関係ある？」

「ない」

ただ社会的な外面はやはり重要だ。


部屋でアイシャはひとり、聖女の証、四つ葉のブローチを見つめている。

魔力を流すと歴代聖女がこのブローチに込めてきた思いや記憶を読み取ることができる。

歴代聖女はそれぞれ自分の魔力、持っていたときの思い、後世に残しておくべき記憶などを慎重に選んで封入してきているようだ。

「……やっぱり」

何度繰り返しても同じ光景、同じ人物が見える。

初代聖女エイリー。このカーナ王国の初代国王の妃となった女が。

彼女は常に豊かな黒髪をなびかせて、ブローチにアクセスするたび登場する。

歴代聖女はこのブローチを通して、初代聖女の想いを受け継ぎ、語り合い、この国のため生きて死んでいった。幸福な聖女もいれば、不幸な聖女もいた。百年に一度の魔物の大侵攻《スタンピード》の時期以外にも聖女は認定され、常に王族の側にいる。

ひとりの聖女の寿命はおよそ三十年から四十年。間は十年と空かず、次の聖女が国内から見出され就任する。アイシャに至るまで何十人もの聖女がこのカーナ王国を守護し続けてきている。

皆、納得して聖女の使命を受け入れ、自分の意思で力を使い続けてきたようだ。

「……でも、王族に追放までされた人はいないじゃない。羨ましいことね、先輩たち」

重い溜め息をついて、ブローチをまた服の胸元に着け直す。

耳を澄ますと裏庭にいるトオンとカズンの声が聞こえてくる。今日は部屋の寝具を干すそうで、朝のうちにアイシャの部屋の枕や布団などもトオンが取りに来ていた。

気分転換に自分も手伝おうと、軽く頭を振ってから階段を降りていった。


「カズン、あのさ。ここだけの話なんだけど……ぱんつ。どのくらいの頻度で洗ってる？」

何やら真剣な顔のトオンに、ついにアイシャにアクションを起こす相談かと思えば、聞かれたのはそんなことだった。

真剣なトオンに、カズンは黒い目を瞬かせる。なぜぱんつ？

「旅の途中は仕方がないが、ひとつの場所に留まって宿に泊まれるときは、風呂で毎日洗って部屋で乾かしてるぞ？」

「うん、俺も似たようなものなんだけどさ。アイシャが来てから建物も部屋も汚れないし、服も全然嫌な匂いしなくなったなあって」

具体的には、着たきりでも汗や垢が服に付かない。服はいつも、一ヶ月分をまとめて洗濯屋に出したり、たまに帰宅する母親に手伝ってもらって自分で洗ったりのトオンだ。

「それで、ぱんつか」

「ぱんつ。もう三日ぐらいはいてるんだけど、全然汚れてこないからどこまでいけるのかなって……」

大の男が二人、顔を突き合わせて下着の話で盛り上がっていると。

そんな男たちの会話が、一階に降りてきたアイシャの耳にうっかり入ってしまった。

「ぱんつは毎日洗ってください！　不衛生です！　ここカーナ王国は水の豊富な国なんだからね！」

「あ、アイシャ⁉」

振り向くと、仁王立ちのアイシャが怒り顔で立っている。

「ほら、ぱんつ持ってくる！　洗ってあげるから着替えてらっしゃい！」

「は、はいっ！」

「カズンも！」

「……僕はちゃんと洗ってるし、穿き替えてもいるからトオンのやつを洗ってやってくれ」

「まだ洗ってない服とかないの？」

「……じゃあシャツだけ、お願いする」

そしてアイシャにまとめて洗われてしまう。

トオンは恥ずかしさで顔を真っ赤にして両手で覆っていたが、自業自得だろう。

むしろアイシャに想いを寄せている身からしたら喜べばいいのではないか、とカズンなどは思う。

だって嫌いな相手、それも男の下着を洗いたい女子などそうはいないはずだからだ。

大きな金たらいの前にしゃがみ込み、洗濯板で勢いよくアイシャが下着や衣服を洗い始める。

ふわ、と辺りに漂う香りは洗濯石鹸のものだけではない。そもそも庶民の使う洗濯石鹸に香料のような高価なものは混ぜられていない。

聖女アイシャ特有の、オレンジに似た爽やかな芳香だった。この手の芳香は本人の体臭などではなく、聖女に付き従う精霊などがもたらす祝福と言われている。

トオンはアイシャの側で自分の下着が洗われることに慌てふためいていたが、カズンはその芳香を嬉しげに堪能していた。

(聖女ロータスの芳香はその名と同じ蓮の花の甘い香り。聖者ビクトリノは森林浴の如き深みのある樹木の香り。故郷の聖剣の聖者は松の樹木の清浄な香りだったっけ。アイシャはオレンジのようだな……個性が出るものだな)

香りを嗅ぐだけで祝福になる、まさに彼女が聖女であることの証明だ。

服や下着をアイシャが洗ってくれたので、水気を絞るのと裏庭に干すのはカズンが請け負った。

洗濯籠を受け取ろうとしたとき、アイシャが小さく咳《せ》き込んだ。

その背を撫でさすろうとカズンが手を触れさせたとき、バチッと大きな音がして静電気が弾けた。

「!?」

突如襲ってきた猛烈な不快感と込み上げてくる吐き気に、カズンが喉元を押さえる。

が、洗濯籠を取り落とさなかったのはさすがだ。何とか地面に置くなり、その場に崩れ落ちた。

頭が割れるように痛い。ガンガン金槌で殴られているかのようだ。

「あ、アイシャ……お前は、こんなものを、抱え込んでいたのか……！」

「か、カズン、カズン！　ごめんなさい、油断してた！　大丈夫？　〝それ〟すぐ私に戻して！」

カーナ王国の聖女がその身に受け止め、時間をかけて浄化していくはずの土地の穢れだった。

「……いや。滅多にない機会だ、このまま堪能させてもらおう。聖女の汚泥《おでい》、解析してやろうじゃないか」

何だか格好いい感じに言っていたが、すぐ取り繕えなくなって、カズンは目を回してその場に倒れてしまった。

その後、アイシャはカズンをトオンと二人がかりで風呂に入れて身体から邪気を洗い流したり、側について薬湯代わりのハーブティーを飲ませたりなどの看病を行う。

ようやく彼が眠ったときには、とっくに陽も落ちていた。

カズンが寝込んで、はたと気づけばごはんがない。

そしてもう陽も暮れている。昼食を取ることも忘れて看病していて、トオンもアイシャも腹が減っていた。

だが繰り返すが、ごはんがない。

「しまった、何か買いに行けばよかった！」

仕方がないので、夕飯は適当に厨房にあった野菜を切って生のまま食べることにした。……が、今日までずっとカズンの美味しいごはんだったのに、生野菜をかじるだけだなんてつらい。侘《わび》しい。

「作り置きしてくれてたレモンのドレッシングがあるのが幸いかな……」

「ねえ、トオン」

名前を呼ばれて顔を上げると、アイシャが悪戯っぽく笑っていた。キラキラと、いつになく飴のように茶色い目が澄んで光っている。

「何か食べに行かない？　カズンにも買ってきてあげましょ」

カズンの部屋に行くと彼はまだ眠っていたが、二人が部屋に入った気配で目を覚ました。

「起きたのカズン。私たち外に出て食べてくるけど、あなた何か欲しいものある？」

「いや……僕のことは気にしないでいい。そうか、僕が作れないから……悪いな。ちょっと待ってくれ、代わりに財布渡すからお前たちの好きなものを」

「カズンー！　それぐらい俺たちだってお金持ってるから！　君は大人しく寝てて！」

そもそも本来なら宿屋の主人のトオンが食事の用意や手配をしなければならないのだ。

たまたま料理好きのカズンがいたから任せていただけで、そこまで負担させるわけにはいかない。

しかし納得がいかないらしいカズンに、アイシャたちは無理やり大銀貨一枚を渡されてしまった。

「もう、いいって言ってるのに。……お土産、何がいい？」

「……チョコレート」

「わかった。美味しいの買ってくるからね」

そしてちょいちょい、とカズンが自分だけ手招きしてくるのでトオンは身を寄せた。

耳元に、こんこんと言い聞かされた。

「いいか……女性に財布を開かせるような真似はするなよ、金を出すならすべてお前が出すのだ！」

「わ、わかってるよ！」

律儀に宿代を払うアイシャの手持ちの金銭は残り少ないはずだ。トオンもそれぐらいは理解している。

「デートだぞ？　わかってるな？」

「わかってる！　……多分」

今まで複雑な出自のせいで、あまり女性関係に積極的になれないまま来てしまったトオンだ。

それでも女の子とのデート時に男が守らねばならない矜持ぐらいは弁《わきま》えていた。

ぱたん、とドアが閉まる。二人の足音が遠ざかって聞こえなくなってようやく、カズンはまた寝台に横たわった。

まだ頭痛が治まっていない。目を閉じるとすぐ、スイッチが切れるように意識が落ちた。

「カズンには悪いことしちゃった。でも久し振りに頭も身体も軽いわ」

赤レンガの建物から飲食店のある南地区の商店街への道を歩きながら、アイシャが首や肩を回して、身体の感触を確かめている。

「あの静電気バチッてやつ、俺にも前にあったけど。結局なんだったの？」

「……あれはね、私が聖女として引き受けてる、この国の穢れ……邪気とか邪悪な魔力とか、ネガティブなものでね。浄化するまではずっと私に帯電してるんだ」

「え。帯電？」

じっと隣を歩くアイシャを見る。特に、何か電気的なものが帯電しているようには見えなかった。

今、まだ二月で確かに乾燥しやすい時期だが、静電気でそのオカッパヘアーの黒髪が広がっているようにも見えない。

「いつもは人に移らないよう気をつけてたんだけど、気が緩んでたのね。油断してしまった」

「僕にバチッてなったときは、油断してなかったの？」

「……ちょっとだけ、してた。一緒にいて楽しかったから。少しだけだったと思うけど身体だるくなってたでしょ。ごめんね」

「う、ううん、そんな気にするほどじゃなかったから。……あれ？　でもじゃあ、油断してカズンがああなったってことは……」

いやちょっと待て。少しアイシャが油断して静電気が弾けたとき、彼女に触れたトオンは身体がかなり重くなった。

では、油断してた今日のアイシャからカズンに流れていった穢《けが》れはどの程度の量なのだろう？

その疑問を伝えると、アイシャは気まずそうに顔を逸らした。

「……一割ぐらい？」

「一割であの苦しみよう……」

トオンが酷い風邪を引いたときより、苦しんでいたように思う。

「カズンは環《リンク》があるから、あれ以上酷いことにはならないと思うけど……」

元々はアイシャが引き受けていた穢《けが》れだ。夕飯を外で済ませる時間だけ、久し振りの気楽な感覚で羽を伸ばさせてもらおう。

戻ったらまたすぐ彼から穢《けが》れを引き取るつもりだ、とアイシャは言った。


商店街の食料品店はすべて、夕方までには店仕舞いしてしまう。

トオンがいつも行くのは住区の南地区の商店街ばかりだが、これは他の地区も同じだろう。

夕方以降でも一軒だけ雑貨屋が夜まで開いており、少しだけ生鮮品や保存食、菓子の類が置いてある。トオンとアイシャはまずその店へ向かった。

「あの様子なら果物がいいわね。林檎、いくつか買っていきましょ」

「パンなら近所の店から買ってこれるから、ジャムも。おじさん、そこのジャム一瓶ずつ貰うよ」

店主に声をかけて、林檎とブルーベリーのジャムを紙袋に詰めてもらう。

「後はチョコレートか。板チョコでいいのかな」

「じゃあ、ミルクと紅茶味を一枚ずつね」

所詮は雑貨屋なので、菓子もあまり種類がない。二人はカーナ王国で庶民が一般的に食べるチョコレートメーカーのものをチョイスした。

「そういえばさ、あいつってアケロニア出身なんだっけ」

「そうみたいね。おじさーん。何か食べるものでアケロニア王国のものってある？」

店主に確認してみると、缶入りの濃縮スープがあるというのでそれも買って店を出た。

トオンが先に店を出て、アイシャが続こうとしたところで店主に呼び止められる。

「あ、あのさ、お嬢ちゃんもしかして……」

トオンはうっかり忘れているようだが、アイシャは頭と顔を隠すフード付きの上着を着ていない。まだ二月で夜は特に寒いからとトオンから借りた、外出用の茶色の綿入りコートを羽織っているだけだ。

この王都で黒髪は珍しくなくても、アイシャのような前髪も顔まわりも切りっぱなしのオカッパヘアーはとても珍しい。女性は長い髪の者が圧倒的に多いためだ。

黒髪、オカッパヘアー、この特徴だけでアイシャが誰であるのか、カーナ王国の国民なら本人を見たことがなくても、誰でもわかる。

「ふふ」

人差し指を唇に当てて、内緒よ、とアイシャは朗らかに店主へ笑いかけて、トオンの待つ店の外へと向かうのだった。

カズンへの土産は入手した。あとはトオンとアイシャの夕食だ。

商店街から一本道をズレると飲食店や屋台の並ぶ、広場と繋がった通りに出る。

人気なのは小麦やとうもろこしなどの粉で作った皮で、焼いた肉や魚、野菜などを挟んだタコスやブリトーのような軽食だ。

「トオン。私、これ食べたい。海老のスパイス炒め入れたやつ」

「いいよ、俺はじゃあ牛肉とアボカド入りにしよう」

屋台の前であれこれと選んでいると、後ろのほうで小さなざわめきが起こった。

トオンは注文に集中していて気づかないようだが、人々の気配や魔力に敏感なアイシャはもちろん彼らの様子に気づいた。誰かが聖女様やアイシャ様などと固有名詞を出す前に、アイシャは小さく振り向いて、また人差し指を唇に当てた。

(内緒よ。私、お忍びなの。楽しく海老を食べたいの)

すると人々は心得たように皆頷いて、またそれぞれ広場内の簡易テーブルやベンチに戻っていった。

そうこうしているうちに、注文を済ませ包み紙に包まれたブリトー二つと、サービスのチキンスープの入った紙コップを受け取ったトオンが、アイシャを振り向く。

「お待たせ。辛くないソースにしてもらったけど、良かったかな？」

「うん。私、そんなに好き嫌いはないほうよ」

広場には野外用の薪ストーブが随所に置かれ、案外暖かい。

空いていたベンチに腰掛け、冷める前に二人、ブリトーに齧り付いた。

「わあ、海老おいしい。ローストコーンとライムライスまで」

「牛肉のもなかなか。ヨーグルトソース、結構合うなあ」

ブリトーはメインもサブの具も詰まってずっしりと重かったが、生の玉ねぎとトマトをカットした香草風味のサルサ入り。案外あっさり、二人してあっという間に食べ終わってしまった。

スープを啜《すす》っていると、屋台のひとつが店仕舞いしているのが目に入った。

何とはなしにトオンがそちらを見ていると、その屋台のおばちゃんが売れ残りの商品を紙袋に詰め、こちらへ向かってくるのに気づいた。

「そこのお二人さん。これ売れ残りで悪いんだけど、どう？」

紙袋を差し出され、思わずアイシャが受け取ると、中にはみっちりと人型のパンが詰まっている。

「あら」

「それ、形が悪かったのか憲兵さんに不敬だ何だって言われちまってねえ。結局売れ残っちゃったんだよね」

人型パンは頭部に髪色を模したコーンの粒が幾つも埋め込まれ、瞳の部分には紫豆の甘煮が。

「やだ、これクーツ王太子殿下!?」

似てる、すごく似てる！　とアイシャが大受けする。クーツ王子は金色の髪と紫の瞳の美男子。

それに似せたパンなのだ。

そしてそんなアイシャと、彼女を慈愛に満ちた眼差しで見つめているパン屋台の女店主を見て、トオンがしまったと片手で目元を覆う。

(アイシャの髪と顔を隠すの忘れてた……！)

デートだと浮かれていた自分を殴りたい。恐る恐る周りを見回すと、暖かく見守っている人々や、祈るように両手を胸元に握り締めている人々などが遠巻きに自分たちの様子を窺っていた。

明らかにアイシャの正体が露呈している。

「おばさん、これいただいてもいいの？」

「もちろん。中にジャムが入ってるから、早めに食べてくださいねえ」

「あ、ほんとだ。おいしい」

紙袋からひとつ取り出した人型パンに、アイシャが頭からかぶりつく。中身はラズベリーのジャムだ。

おおっと周囲から歓声があがる。人々は嬉しそうだ。

「おばさん、このパンこんなに美味しいのに、もう作らないの？」

「お上に文句言われちゃうとねえ」

「じゃあ、頭はココアで作ってみない？　ほら、私みたいなオカッパヘアーよ。中身は……そうね、私はカスタードクリームが好きよ。トオンは？」

「え、俺？　俺は、そのー。……甘い豆ペーストが好きだな。…………カスタードも、好きだよ」

ふむふむと女店主が頷いている。心のメモ用紙に記入しているようだ。

「でもココアでオカッパヘアーを作ったら聖女様と同じじゃないですか。また不敬だなんだって言われませんかねえ？」

「大丈夫よお！　聖女様、そんな細かいこと気にする性格してないわ。むしろ美味しいもの作ってくれたって喜ぶわ。間違いない。カスタードクリーム、甘い豆ペースト……にバターも一緒に入れるとかどう？　贅沢だけど美味しそうよね！　あとチョコレートクリームなんかもいい感じ！」

「アイシャ、それ自分が食べたいだけだろ？」

「だって私、甘いもの大好きだもの！」

アイシャが全力で菓子パンを肯定した瞬間。

ぶわあっと、アイシャを中心にオレンジに似た爽やかな芳香が広場に広がった。

ふとトオンがパン屋台の女店主を見ると、もう彼女は感激でいっぱいで涙ぐみそうになりながら、何度も何度も頷いている。また辺りを見回すと、人々は食事も忘れて感涙に咽んでいる。

（こ、これはもう誤魔化せない……っ！）

「そ、そろそろ行こうか、カズンも待ってるだろうし」

「そうね！　おばさん、パンをたくさんありがとう。おばさんに祝福がありますように」

慌てたトオンに腕を引かれながら、胸にたくさんのパンの詰まった紙袋を抱え、アイシャが祝福と口に出した瞬間。

広場いっぱいに、光の粒が乱舞した。

(聖女、半端ないな!?)

幸い、誰もトオンとアイシャを追ってくる者はいなかった。


トオンがアイシャと手を繋ぎながら、夜道を帰路、歩き続けるも。

(手、繋いでしまった。このままいつまでも着かなきゃいいのに)

などと思って十数分。とっくに赤レンガの古書店の建物に着いてもいい頃になっても、まだ着かなかった。

「……って、道がない!?」

アイシャと二人、透明な道を歩いていた。

いや、透明というより空中だ。いつの間にか、すっかり王都の街並みが見下ろせるほど高いところに身体が浮かんでいる。

「あ、あああアイシャ！　何これ何これ!?？」

股の間の大切なものがヒュンッと縮こまるような気がした。

「あはは、大丈夫大丈夫！　久し振りに楽になれたから浮かれちゃったのよ。ごめんね。あははは！」

「あははじゃなーい！」

突っ込みを入れると、おもむろにアイシャの手がトオンから離れた。

咄嗟に落ちる！　と思ったトオンだが、予想に反して身体が落下する気配はない。

恐る恐る下を見ると、そこかしこに街の明かりが見えて、なかなか幻想的な眺めだった。

「聖女って空も飛べるの？」

「魔力が多ければ、その気になれば誰でもできるんじゃないかしら」

聖なる魔力を持つ女性だから聖女と呼ばれているが、大半の魔力使いの女性は魔女と言われたり名乗ったりが多い。

そういえば、高い上空のはずなのにトオンとアイシャの周りはほんのりと暖かい。よくよく見ると、アイシャを中心にして大きな卵型の、ネオングリーンに薄っすらと光る魔力の繭が二人を包み込んでいる。

「アイシャ？」

ふと会話が途切れて不思議に思ったトオンが傍らの少女を見ると、無表情で王城を睥睨《へいげい》している。

「王太子殿下は部屋にいないみたいね」

「ここから見えるの？」

「私、結構目はいいのよ」

トオンも王城を見たが、外壁に沿って焚かれた篝火《かがりび》、王城を棟ごとに照らす明かりや魔石の光などはわかっても、部屋などはよくわからなかった。

「……一応聞くけど、王太子に未練とかあるのかい？」

「あるわけないじゃない。あったら、自分から王城に戻ってたわよ」

「聖女としてお仕置きしに行ったりはしないのかい。ほら、こんなふうに」

アイシャが抱えていた紙袋から、トオンは人型パンをひとつ取り出した。おもむろに頭と脚の部分を指先で持って、上下に引き千切る。中に詰まっていたストロベリーの赤いジャムが、どろりと下に垂れ落ちる。

「あ、やば、垂れる！」

「わあ、もったいない！」

空中で慌てて二人、ジャムのこぼれたパンにかぶりつく。

ゆっくりと半分こずつの人型パンを食べながら、アイシャが言った。

「殿下たちに罰を与えることはできるのよ。八つ裂きにして魔獣の餌にしてやろうって、何度も何度も思ったわ」

「お、おう……王都の聖女様を慕う人たちなら、そっちのほうがスカッとするんじゃないかな」

とトオンがジャムをこぼさないよう、人型パンの下半身、脚を一本千切って口に放り込んだ。

テーブルロール系のほのかに甘くバターとミルクの入った柔らかなパンに、甘酸っぱい手作りジャムが果肉ごと詰まっている。モデルはあのクーツ元王太子だが、パンは美味かった。

「今、アイシャが奴らに何をされてきたか、人々に知られるようになってきたって街で噂が広まってきてるみたいだよ。そろそろ皆、アイシャに表に出てきてほしいって思ってるんじゃないかな」

自分がアイシャの殴り書きを清書して新聞社に投稿したことなどおくびにも出さず、しれっとトオンが言った。

「ほら、さっきも広場でアイシャの顔バレしちゃったし。俺のとこの宿にアイシャがいるかもって勘付いた奴、いたと思うよ」

「……そうね」

アイシャはやや俯《うつむ》いて、トオンに借りた綿入れコートの上から胸元を探《さぐ》っている。四つ葉のブローチを装着している辺りだ。

「クーツ王太子殿下たちに、天罰級の断罪をくれてやるにはどうしたらいいかって、暗いことばっかり考えてたわ。でもカズンに穢《けが》れをちょっとだけ引き受けてもらって気が楽になったら、少し考えが変わった感じ」

だいぶ考えも感情も整理されてきたという。

「このブローチを通してね、これまでの聖女たちの想いを沢山確認したの。安易に王族を断罪するのは初代聖女エイリー様の想いに反する」

「え」

そこでなぜ、初代聖女エイリーが出てくるのか。

とトオンは不思議に思ったが、すぐに、彼女がこのカーナ王国の初代国王の妃となったことを思い出す。そして現在の王族たちは、その初代聖女エイリーと初代国王との子孫だと言われている。

(……悲しい出来事の末に産まれた俺も含めて)

するとアイシャは王城を見つめながら話を続けた。

「このブローチに教えてもらったんだけどね。……初代聖女エイリーは、初代国王に捨てられてたの」

「そして、別れる前も後も、二人の間に子供はいなかった」

「は？」

「ええええ!?」

また意外な話が出てきた。

というより驚愕レベルの話だ。トオンはもちろん、この国の国民はすべて、王族は聖女の子孫だと思っている。だからこそ多少、王族たちが横暴でも「初代聖女様の子孫なら仕方がない」と許容し諦めているところがあった。

だがそれが誤りならば、大きく話は変わってくる。現国王の庶子のトオンにとっても無視できない話だった。

「ほら、王様って権力者だし素敵な女の人がよりどりみどりじゃない？　私もクーツ殿下にいまいちだからって捨てられたぐらいだし、一国を創り上げたほどの王様なら色んなところから美女が献上されたわけね」

「……それで、捨てられたってわけか。でも、国を守護する契約を結んだ聖女だろ？　そんな、まさか……」

しかし、王族たちが如何にろくでもないかは、トオンの出自が証明している。庭園で見かけた女に性欲を催したからといって、その場で押し倒した国王と下女の間に産まれたトオン自身が。

「いや、でも待って。捨てられたって言ったって、なら彼らが交わした『聖女を大事にする』誓いはどうなったんだ⁉」

「……聞きたい？」

そこであえて、聞きたいかと問うてきたアイシャに、トオンは何かを試されているような感覚を覚えた。アイシャの茶色く澄んだ瞳が、何か底知れぬ深淵のように感じられる。

だが金髪の頭を思い切り振って違和感を振り払い、力強く頷いた。

「聞きたいし、知りたいよ！」

「そう？　初代聖女エイリーはね、下げ渡されたの。初代国王の臣下にね」

妃にまでした初代聖女エイリーに飽きた初代国王は、彼女を己の臣下に下賜した。

そして新たに、より美しく身分の高い姫君を正妃に迎え直したという。

「嘘だろ……？　初代聖女様が、臣下に下げ渡された……⁉」

「嘘じゃないわよ。このブローチにエイリー様が直接、そのときのことを記録しているの」

ただ、それだと初代国王との間に交わされた誓約、『聖女を大事に扱う』ことについてはどうなったのか。

「初代国王に言わせると、『聖女エイリーを大事にできる』信頼できる男に任せたから問題ないってことだったらしいわよ」

「せ、誓約ってそんなザル解釈でいいわけ⁉」

「少なくとも、エイリー様は受け入れたみたい。自分に愛を失くした男の側にいたくないからって」

何だかもう、王家の闇が深すぎる。

「本気なら、どの聖女も王家との契約を破棄できたと思う。でもこれまで、誰一人として破棄まではしていない」

「理由、あるんだよね？」

「簡単よ。初代聖女エイリーが、国王を愛していた。その愛した男が創った国だったから、どうかどうか護ってやってほしい。それがエイリー様が自分の後に続く聖女たちに託した願いなの」

ここまで聞いて、トオンは信じられない思いで淡々と語るアイシャを凝視していた。

もしそれが本当なら、初代聖女エイリーはとんだ馬鹿女だ。愛に溺れた愚か者というほかない。仮にも聖女とまでなった女が、何という有様か。

「そんな、不確かなことで……君も、沢山の侮辱を受けてまでこの国のために働いてたの？」

「……ううん。最初は聖女のお役目、結構楽しかったの。土地の穢《けが》れだって、程々なら刺激的で力の感覚を得られたから」

「…………………」

その〝穢《けが》れ〟のほんの一部を受けただけで目を回して倒れた魔術師が今、古書店二階の宿屋で寝込んでいるわけだが。

さすが聖女様、スケールが違う。

「でも……そうね、やっぱりクーツ王太子殿下の婚約者として王城で暮らすようになってからかな。色々歯車が狂い出したの。殿下だって、多少無神経なところがあったとはいえ、最初からあそこまで理不尽な人だったわけでもないんだけど」

目を細めて、アイシャはまた王城のほうを見た。

「殿下が……彼らがあんなふうになってしまったの、もしかしたらこの穢《けが》れのせいかもしれない。だとしたら、適切に穢《けが》れを浄化して処理できなかった私のせいだわ」

「待ってアイシャ！　それは違うよ、だって……その浄化を助けるアミュレットを奴らは奪って売り払ったんだろ？　なら奴らが穢《けが》れようが何だろうが自業自得じゃないか」

「……そうなのかしら。何だか堂々巡りだわ」

更に上空へ上がり、王都全体が見渡せる位置まで来ると、アイシャはトオンに眼下の王都を見るよう言った。

「わかる？　王都全体を黒い魔力が包んでいるの」

言われてじっと目を凝らすと、王都を囲む外壁辺りを境に、黒いモヤが湯気のように立ち昇っているのがわかる。

「王都の土地の下にはね、古い時代の邪悪な生物の死体があるの。竜と魚の間の子みたいな形をしていたと伝わってる。すごく大きいのよ、それこそ今の王都と同じくらい」

「し、死体なの？　それ生き返ってくるとか言わないよね!?」

「それは大丈夫。ものすごい古い時代のことだから、身体は全部、化石化してるって言われてる。……聖女が国と交わす契約の魔導具の台座のほう、覚えてる？　あれはこの古代生物の化石の一部なの」

以前、アイシャが聖女の証である四つ葉のブローチに魔力を流したとき見た、ブローチを嵌《は》める四角い石のほうだ。

「やっぱり、台座のほうの魔導具を入手しないことには、どうにもならないわ。殿下たちへの復讐の前に、あれを何とかしないと」

契約の魔導具としての四葉のブローチ、台座の二つが揃えば、台座に封じられたアイシャの力の源である、奪われた魂の一部を開放することが可能になる。

そうすれば、自分自身に帯電している国の穢《けが》れも、カーナ王国全体に流れている土地の穢《けが》れ自体にも、今まで以上に聖女本来の力で対処できるようになる。

「……あのさ。とりあえず、そろそろ下、降りたいなあって……」

大事な話をされていることは理解している。聖女の魔力で安全だと頭ではわかっている。

だが、どうにも本能が、具体的には股の間の大事なところが震えて奥に引っ込みそうなので、ひとまず地面に足をつけたかった。

必死に訴えると、アイシャのものすごく良い笑顔が返ってきて、利き腕だろう右手を差し出された。

(あ、かわいい)

と思わず見惚れてしまったが、その笑顔は〝にっこり〟ではなく、どちらかといえば〝ニヤリ〟と何か企んでいるようなものだった。

「ねえトオン。お星様にどこまで近づけるか試してみない?」

「そ、その手には乗らないぞお！　大丈夫とか言いながら空中回転したり、途中で手を離したりするやつだろ⁉」

「あら。そういうのがお望み？」

「墓穴掘ったー⁉」

それから強引に腕を取られて（時には離されて）夜間飛行に引っ張り回されたわけだが、最後の方にはトオンも楽しくなってきて、すっかり夢中になってしまったのだった。

「あ。カズンを放りっぱなしだわ。そろそろ帰りましょ」

ようやく二人が彼のことを思い出したのは、それから一時間はたっぷり遊んだ後。

二人、手を繋いだまま仲良く赤レンガの建物へと降り立ったのだった。


翌朝、予想はしてたが昨晩の屋台広場での出来事が早々に購読者からの投稿特集として朝刊に載っていて、トオンは苦笑するしかなかった。

「よく記事が間に合ったものだよ」

しかしよくできたもので、あのとき広場にいた者たちの誰一人として、アイシャがどこにいるかなどは口を割らなかったと記事には書かれている。

同じ南地区の住人の中には、古書店の店主トオンを知る者もいただろうに。

「でも人の口に戸は立てられないって言うしなあ。頃合いを見てアイシャを表に戻さなきゃ、か」

その辺は聖女アイシャの調査員としてやって来ているカズンが、この国の教会と連絡を取り合って詳しい話し合いをすることになっていたそうなのだが。

しかし本人がダウンしてしまっているので、この後のことはトオンにはわからない。

まだ清書していないアイシャの殴り書きは何枚かある。それに、昨晩アイシャから知らされた初代聖女と王家の秘密のこともある。

さあ、何から手を付けてまた新聞社へと投稿しようか。


トオンが起きて朝一で朝刊を一通り眺め終わって二階へ上がると、カズンは起き上がれるところまで回復していた。

そんな彼が朝食の準備をしようとするのを何とか押し留めて、今朝はアイシャが簡単に作ることにした。昨晩買ったカズンへの土産の、彼の故郷産の缶詰スープを使って。

アイシャが昨晩広場で沢山貰ってきた人型パンと一緒に、ミルクで伸ばしたスープを温め一緒に食卓へ並べる。缶詰スープは味付けも何も必要ないので便利だ。

「これは……」

ミルク仕立ての二枚貝のクラム入りスープに、カズンが黒い目を瞠《みは》っている。

「カズン、君の故郷の缶詰スープ見つけてきたんだ、どう？」

「……懐かしい。これ、僕の友達の家で作ってるやつだ。漁港の町に住んでる奴でさ。よく食べたなあ……」

具体的には、旅に出ている間、ホームシックにかかるとよくこれを買って宿の部屋の簡易キッチンで作っていたことがあるそうだ。

「家じゃ一回も食べたことなかったのに、国を出てからしばらくは、見つけるたびに買って食べてたよ」

懐かしげな顔でスープを啜《すす》っている。どうやら缶詰スープは当たりだったようだ。端正な顔の口元が綻《ほころ》び、頬にも赤みが戻り元気が出てきたようである。

スープには二枚貝以外には小さなサイコロカットのじゃがいもが入っている。ミルクを入れて伸ばして温めるだけなのに、とても豪華で濃厚な二枚貝の旨味が味わえると、庶民の間では人気の缶詰スープだ。

食後、同じく市場で買ってきた林檎を渡すと、そのまま齧《かじ》りつくかと思いきや皿とナイフを所望され、ナイフで一切れずつ器用に切れ込みを入れていた。

六ピースに分け、切り終わった林檎は赤い皮が二股に分かれて、ぴょんと端が果肉から跳ね上がっているように見える。

「あら、花びらの形?」

「うさぎさんだ」

「『うさぎさん』」

見舞いの品なのにトオンとアイシャにも〝うさぎさん林檎〟を勧めてくる。

耳を可愛らしいうさぎの耳の形に切っただけなのに、いつもの林檎より美味しい気がするから不思議なものだ。

さてそれで。

アイシャが持っていたこの国の穢《けが》れを、一部とはいえ受け取ってしまったカズンはといえば。

「……酷い目に遭った」

「ごめんなさい」

「いや、油断してた僕が悪い。それに得られたこともあった」

うなされている間、カズンは始終脳裏に過去の己の過ちや不快な出来事が頭の中をぐるぐると繰り返し想起され、悪態をつきながら暴れまくりたくなったそうだ。

そして聞こえてくる〝声〟に辟易とさせられた。

「声……」

「ああ。肉声のように本当に耳に聞こえる声だ。アイシャ、お前も似たようなものが聞こえてなかったか？」

「聞こえてた。でもそれは神の声で」

否、と強く否定される。

「仮に本当に神などという超越的存在からのメッセージがあったとしても、肉声として聞こえることはありえない」

「嘘。じゃあ、何だったっていうの？」

「まったく自分の知らないことは聞こえなかったから、穢《けが》れの邪気がもたらした妄想だろう」

「妄想……そんな……」

だが、言われてみれば確かにそうだ。

『人を恨むな』

『人を許せ』

『人を愛せ』

『人のために尽くせ』

これまでアイシャに聞こえてきた様々な〝声〟はアイシャの知る知識の範囲内のものばかりだった。

「無声音ならともかく、肉声のように聞こえる声は人の念や邪霊によるものと魔力使いの間では常識なんだが……教会での修行中に習わなかったのか？」

「……そんなの教わったことなかった」

また、アイシャのおかしな環境がひとつ判明だ。

他国の魔力使いなら知ってて当たり前のことを、アイシャは偏《かたよ》った知識と環境の中にいたため、知らないことが多いようだ。

(これはちゃんとした師について学び直させないといかん)

「ねえ。それじゃあなた、あの穢《けが》れを自分で浄化できちゃったの？」

「ふ。僕もこれでも魔術師の端くれ。邪気や邪念の類の処理は魔力使いにとって、基本中の基本。頑張ったぞ！」

と胸を張ってドヤ顔するカズンの顔は一晩ですっかりやつれて、いい男が台無しである。

「うん、まあ努力は認めるわ。でも無理しちゃダメよ。カーナ王国の穢《けが》れはタチが悪いの。下手に自分だけで何とかしようとすると、脳みそ焼き切れちゃうわよ？」

「え」

苦笑してアイシャが右手の二本指の先でトン、とカズンの額の中央に触れる。そのまま何かを指先に絡め取る動作をして手を引くと、スーッとカズンの中からまだ残っていた重苦しさが引いた。

トオンの目の前で、やつれて薄っすらクマができ、皮膚もカサついていたカズンの顔が見る見る元通りの健康的な肌艶《つや》に戻っていく。

「よし。もう大丈夫ね？」

「あ、ああ……。だがお前のほうは平気なのか？」

「少しでもカズンが浄化してくれたから、その分楽よ。私は慣れてるから気にしないで」

まだカズンに残っていた穢《けが》れを引き受けたアイシャは、優しく微笑んでカズンの肩を軽く宥《なだ》めるように叩いた。


その後、回復したカズンに入れてもらったホーリーバジルのハーブティー入りのマグカップを片手に、また紙に色々書いてみると言ってアイシャは二階へ戻っていった。

食堂に残ったトオンは、昨晩アイシャから知らされた、初代聖女エイリーが国王に捨てられていた事実をカズンに話した。

「今の王家には聖女の血が流れていない、か。カーナ王家の権威が一発で瓦解する衝撃の事実ではないか」

「俺もショックだよ……。今の国王や王家は俺だって大嫌いだけどさ、俺は国王の庶子だし、自分に初代聖女様の血が流れてるってことだけは誇りだったから」

「まあ、王族や貴族にはよくあることだ。初代聖女の権威のおいしいところだけ利用してきたってことだろう」

王侯貴族あるある、と訳知り顔でカズンがしきりに頷いている。

カズンに穢れの一部を移して一時的に負担してもらったことで、アイシャの心身はだいぶ楽になったようだ。

そうして機嫌の良い彼女が書いた書き付けは、少しこれまでのものとは趣が異なっていた。

『円環大陸共通暦八〇六年二月十一日、アイシャ』

今回の聖女の書き付けは、自分を虐《しいた》げた者たちではなく、親切にしてくれた人々への感謝が綴られている。

魔物の進行の脅威に晒《さら》されながらも懸命に国を支え続けてる国王への尊敬。

自分も忙しいのに、折に触れ、気にかけてくれていた王妃。

ただし王妃から下賜される菓子類などは、やはり侍女らに奪われてしまい、自分の口には一口も入ることがなかったのが残念だったことなど。

『宝石みたいな果物や花の砂糖漬けや、チョコレート。外国からの舶来品。一度くらい食べてみたかったものだわ。

教会にいたら見ることもできないような、お高いお菓子の数々、あれだけは本当に悔しかった！』

王宮の騎士たちも、既に断罪され教会と王都から追放済みの元護衛の聖騎士のように大半が貴族階級出身なので、平民出身の聖女を侮蔑する者は一定数いた。

だが、そんな人間ばかりでもなかったと聖女アイシャは書いている。

中には親しく挨拶してくれる者もいたし、聖女としての活躍に感謝してくれる者もいた。特に聖女と一緒に戦う前線部隊の騎士や兵士たちにはアイシャの味方の者が多かった。

彼らの中には王太子らの暴挙を諫めようとしてくれた者たちもいたのだが、そうするとかえってアイシャへの扱いが過酷になったり、彼ら自身に害が及んだりといったことが続いた。

聖女アイシャは彼らに、何もしなくて良いと諭す。

今回の聖女投稿には、そのような聖女アイシャが王城で行ってきた配慮がまとめられていた。


読者たちは今回の内容に驚いた。

「聖女様、王様たちのことは良い人だと思っていたのか？」と。

聖女投稿によって明らかにされた彼らの息子のクーツ元王太子があまりにも酷かったため、既に国民の、国王や王妃を含む王家への目は非常に厳しいものになっている。

聖女アイシャ本人が国王や王妃を人格者だと思っていようが、このカーナ王国が聖女を利用している国なのは既に明らかだ。

当然、聖女投稿の読者たちも思うわけだ。

「聖女様、王様たちに騙されてるよな？」

新聞には読者からの投稿欄があるが、日に日に人々の聖女への言及が増えていく。


聖女投稿が新聞の朝刊に掲載されるようになって、しばらく経った頃。王家への批判が高まる中、聖女投稿が連載されているカーナ王国新聞に、実名入りの反論が載った。

カーナ王国第一王子クーツ。聖女アイシャを一方的に婚約破棄し、偽物の聖女だと冤罪をきせて断罪し追放した、当の本人のものである。

カーナ王国新聞社は、その元王太子の反論の手紙を、キャッチーな字体と目立つサイズの見出しを付けて朝刊の一面に掲載した。

『聖女投稿に物申す！　クーツ元王太子殿下による反論』

だが、彼がいまだ聖女アイシャを偽物と罵《ののし》っていることはもちろん、クシマ公爵令嬢ドロテアとの関係を〝真実の愛〟と表現したことが、読者たちの猛烈な反感を買うことになった。

その日、王都では、それらが書かれた最初の数行で、読んでいる朝刊を引き千切るように破り捨てる読者が続出したという。

「そりゃあね。だってドロテアと交際するようになったの、まだアイシャと婚約中のことなんだろ？　そういうのは真実の愛じゃなくて浮気とか不貞って言うんだよ」

と新聞の朝刊を読んで呆れていたトオンだったが、案の定、新聞社にも読者の怒りの批判が殺到したようだ。

そして何と、朝刊でクーツ元王太子の反論が掲載された同じ日に、一日一回、朝刊だけのはずのカーナ王国新聞は臨時で夕刊を発行した。

不適切な記事を掲載したことに対する、新聞社代表の謝罪文を掲載し読者に告知するためだ。そのため、もちろん無料配布だ。これ以降、元王太子からの投稿が新聞に掲載されることはないとのことである。あるとすれば、王家の公式発表としてだ。

この世界で、新聞はどの国どの地域においても、比較的公正を保った情報媒体のひとつだ。

絶対権力者である王族が支配するカーナ王国とはいえ、記事内容に国や王家が介入するのは難しい。だからこそ、次期国王だったはずの元王太子に追放された聖女の手紙が、その重要性を理解した新聞社に掲載される現状へと繋がっている。


「出オチ感、半端ないな」

夕方、もうすっかり元気になっていたカズンが、アイシャの夕食リクエストのサーモンパイ再びの仕込みをしながら失笑していた。

今日は朝食と昼食後、アイシャはまた二階の部屋に戻って書き物をしている。

トオンは厨房でパイ生地を折り畳んでは伸ばしているカズンの後ろで、今日の夕刊の主要記事を読み上げていた。

「こういう破滅的な言動をする輩は、何を仕出かすかわからないものだ。トオン、アイシャに気をつけてやるんだぞ」

「もちろんだよ」

己の私欲のためだけに、国を護る聖女を冤罪に嵌《は》めて追放するような行動力だけはある男だ。用心に越したことはない。

「もう王太子でもないし、とっくに自滅してる気もするけどね」

図らずもトオンのその言葉の通りになるのだが、まだこのときの彼らには確認しようのないことだった。

そして焼き上がったのは魚型のサーモンパイ最新作だ。

「わあ、力作だね！」

今回は前回よりお魚さんの形に凝《こ》っている。フォークとナイフで上手く魚の顔や鱗、ヒレの部分などを細工してある。目玉の部分は黒オリーブの輪切りだ。よくできていた。

何やらカズンが楽しそうに作業しているなとトオンは思っていたが、これを作っていたわけだ。

今回はスモークサーモンの他、茹でたブロッコリーやじゃがいも、ゆで卵のスライス、ハーブのディルの葉を混ぜたクリームチーズ入りで具沢山に作られていた。魚の腹はふっくらと膨れている。

「まあ。間違いなく美味しいやつね！」

オーブンから漂うパイの香ばしさにつられて、焼ける頃にはアイシャも食堂にやって来ていた。

ソースは二種類。マヨネーズベースのレモンソースと、前回と同じ赤ワインソースが別添えで用意されている。

これに香味野菜と一緒に煮込んだチキンスープ、軽く焼いたバゲットのスライスが今晩の夕食だ。品数は少ないがトオンもアイシャも文句など付けるはずもない。

可愛いお魚さんの形に大喜びしたアイシャが頭の部分を所望したので切り分け、トオンとカズンは適当に身の部分を皿に取り分けた。

「「「いただきます」」」

食前の祈りを軽く日々の糧を与えてくれる世界の摂理に捧げてから、さっそくナイフで一口大に切り分け、まずはそのまま口に運べば。

さくっ。

「んんんっ」

手作りのパイ生地はバターの風味が素晴らしい。さっくりとした軽い歯応えと合わさって、食感も香りも幸福の味がした。

何と言っても焼きたてに勝るものはない。

そして元からスモークサーモンは味が濃く旨味も濃厚なのに加えて、そこに爽やかなレモンソースやコクのある赤ワインソースが合うのなんの。具のブロッコリーやじゃがいも、茹で卵などもそれぞれ食感や風味が異なるため、飽きなくて良い。

ディル入りのクリームチーズがまた全体をよく調和させている。美味い。

「これは故郷で僕の幼馴染みの家の料理なんだ。学生時代、よく家に遊びに行くと食べさせてもらったなあ」

ローズマリー入りの白ワインのグラスを傾けながら、カズンが黒い瞳を懐かしげに眇めている。

「あら、それが故郷から鮭を送ってくれた知り合い？」

「そう。今日また冒険者ギルドに荷物が届いてると連絡が来たから行ったら、新しい鮭を丸々一匹送ってきてた。さすがにもう僕たちだけじゃ食い切れないから、ギルドの食堂に分けてきたよ」

「鮭を丸ごと送ってくるって、太っ腹な幼馴染みさんねえ」

「今回は鮭以外にも送られてきたものがあるんだ。食後にはお楽しみがあるぞ？」

と楽しげにカズンが期待を煽ってきたので、トオンとアイシャはサーモンパイを食しながらもワクワクしていた。


夕食の後、食べ終えた食器なども洗い終わり片付けた後で、カズンが自分の部屋から持ってきた物とは。

「今回は鮭だけじゃなく、親戚が便乗して菓子を送ってきてくれたのさ」

食卓に広げられた三段重ねのシックな艶《つや》消し黒色の大箱の中身は、何ときれいに並べられたチョコレートだった。しかもただのチョコレートではない。一粒が小銀貨一枚はする高級チョコレートである。

「こ、これ、私たちもいただいちゃってもいいのっ？」

アイシャの声が上ずっている。この頃にはトオンもカズンもわかっていた。アイシャは年相応に甘い物好きの女子なのだ。

「ああ、二人とも好きなだけどうぞ。紅茶でも入れようか」

アイシャがトオンと二人で、どれにしようとわいわい言っている間に、カズンは厨房に戻って紅茶を入れる準備を始めた。

湯を沸かしながら棚にあった紅茶の缶を手に取る。以前、安物の缶のパッケージを見て少し残念な気持ちになったが、贅沢は言うまい。

ここは旅先の宿。主のトオンは元はあまり食に興味のない男だった。母親のマルタがあまり料理が得意でなかったそうで、食べられるなら何でも良い人間だったのだ。

この紅茶も食料品店で一番安いものをトオンが適当に買ってきただけだろうが、極上のショコラに紅茶がないよりは良い。

トレーにティーポットと人数分のマグカップを乗せて食堂に戻ると、二人はそわそわと落ち着かない様子だ。

「ん？　もっと取ったらいい、沢山あるのだから」

二人の前にある取り皿には、チョコレートが一粒ずつしか乗ってない。

「う、ううん……幾つまでならいいのかなって、わからなくてさ」

「まあ、一度に三粒ぐらいか？　濃厚だからそれでも満足できるぞ」

ちょうど蒸らし終わった紅茶をマグカップに均等に注いでいき、トオンとアイシャに配った。

二人がまたチョコレートを選び出したのを微笑んで見守りながら、カップを口元に運ぶと。

（……ものすごく、お高い茶葉の味がする）

この王都の食料品店で買える、一番安くて手頃な紅茶だったはずなのだが。

「…………」

ああだこうだ言い合いながら、アイシャとトオンがチョコレートを厳選している。

食堂内にはアイシャの聖女の芳香であるオレンジに似た香りが漂っている。紅茶の味が変わったのはその恩恵によるものだろう。

その聖女本人にすら無自覚の祝福に、カズンの環《リンク》が反応しかけていた。この反応の感覚は、魔力が充填されてくるときのものだ。

(何で僕が大して縁もない国の聖女の調査なんて、と思っていたが。こういう特典があるなら悪くない)

カズンは魔術師を名乗っているが、実は持っている魔力は少ない。

環《リンク》が使える新世代の魔力使いとして目覚めたことで、何か術を使うときは外部から調達できるようになった。だが、その起爆剤はあくまでも自分の魔力を使わなければならない。環《リンク》を通じてたくさんの魔力を得たければ、それなりの〝基本量〟が必要なのだ。

基本の魔力値が低いカズンは、環《リンク》が使えてもトータルで扱える魔力量がまだ他の環《リンク》使いと比べるとずっと少なかった。

そのため祖国を出てから今日までずっと、己の使命を果たすために、旅をしながら魔力を増やす修行を続けていた。

しかし成果は頭打ちだ。このままでは、いつ故郷に帰れるかもわからない。

そんなとき、先輩から打診されたのが、ここカーナ王国の聖女アイシャに関する調査だった。

（先輩から頼まれたのもあるが、断らなくて良かったな。）

恐らく先輩は、聖女アイシャと関わることでカズンもまた成長することを見抜いていたのだろう。

（だが油断はできない。アイシャの置かれている立場は思っていたより厄介だ）

聖女と王家の契約、王家のアイシャに対する不誠実、国土の穢《けが》れ。

さて、何から手を付けていくべきか。

＊＊＊

執務室でその日の朝刊と臨時刊行の夕刊を机に並べ、ここ最近消えない頭痛にアルター国王は悩んでいた。

「誰がこのようなことをせよと言った？　彼奴《あやつ》は自殺願望でもあるのか？」

「クーツ王子の名誉回復はもはや困難かと」

自室で謹慎させていたはずだが、その間大人しくしているのではなく、侍従に手紙を新聞社へと送らせる手配をしたものらしい。

『聖女投稿に物申す！　クーツ元王太子殿下による反論』

クーツ王子はその公開反論で、自己正当化に終始していた。

国民の誰もが知りたがったであろう、なぜ国の要人であり己の婚約者である聖女アイシャをそこまで虐《しいた》げたのか。

聖女アイシャによる『聖女投稿』で語られている虐待の真偽は、既に王家側と教会側それぞれの調査で事実と判明している。

読者たちはその事実に対して、クーツ王子がどのような弁解をするかを知りたかったのだ。

「『当時まだ婚約者だった女への〝躾〟を行っただけである』か。ドレスも宝飾品も贈らず婚約者の王太子としての義務も果たさず、持ち物を奪って売り払い、挙げ句の果てに暴力を振るう。……ここまでか」

「聖女のアミュレットの売却先の一つでも書いてくれれば、まだ良かったのですが」

国宝も含まれているアミュレットを聖女アイシャから奪って売り払い、公爵令嬢ドロテアや取り巻きたちとの豪遊の資金としていたことは既に調べが付いている。

その窃盗に対してどう弁解するかも注目されていたのだが、『元々王家の物なのだから、王太子だった私がどうしようと自由のはずだ』などと書かれていて、読者も、そして新聞を読んだ父のアルター国王や宰相も心底がっかりした。

聖女に与えられるアミュレットは、大半が国宝だ。それを勝手に許可なく売却したこと。現状、クーツ元王太子の愚行の中でこれが最も罪が重い。

「最悪、聖女はまた新たに探せば何とかなる。国内にいなければ他国から誘拐してきても良い。だがアミュレットだけはどうにもならぬ」

カーナ王国の王家は、極端にいえば聖女に〝穢《けが》れ〟として国の負荷を負担させて生き延びている寄生虫だ。

王城から聖女アイシャが去ってまだひと月と経っていないにもかかわらず悪影響が出始めている。

今日、クーツ元王太子の聖女投稿への反論が新聞に掲載された後。昼頃に今の王家で一番幼かった、まだ三歳で可愛い盛りのコーネリア王女が食事中に引き付けを起こし、そのまま亡くなってしまった。

「この状況で王女の死を発表すれば、何を言われることか」

「……余計な邪推を招くでしょうね。埋葬は極秘に進めることと致しましょう」

気づけば国王自身も、心臓が痛むような異常を感じ始めている。

「聖女アイシャが見つからぬなら仕方がない。また別の聖なる魔力の持ち主を探し出して聖女に仕立て上げ、国の生贄にするしかあるまい」

「確か、国と聖女との契約の魔導具があれば、聖なる魔力の補強ができるのでしたね」

「ああ。お前も知っておるだろう、宰相よ。少しでも素養があれば聖なる魔力は伸ばしていける。聖女アイシャが持つ四つ葉のブローチと対になった台座が重要なのだ」

聖女とカーナ王国の契約の魔導具は、聖女との契約時に聖女の魂の一部を担保として封じ込める物だ。聖女アイシャの魂の欠片はまだ台座の中にある。

「それを使えば、次の聖女を〝作る〟ことが可能だ」

純正品の聖女ほど力は強くならないが、既に百年に一度の魔物の大侵攻《スタンピード》の危機を乗り越えた今、中継ぎとしてなら充分だ。

中継ぎがいる間に次の正しい聖女を見つけ出せばいい。

「……なるほど、聖女は作れるのか」

そんな国王と宰相の話を密かに聞いていたのが、『聖女投稿への反論記事』の件で執務室に呼び出されていたクーツ元王太子だ。

防犯上、扉を入ってすぐの場所に国王の執務室はない。手前の間にまず入り、そこから続きの間にある執務室に入室しようとしたところ、国王と宰相が自分の名前を出して会話していたのが耳に入った。

「そうか……『聖女は作れる』。良いことを聞いた。はは……ははは！」

「あっ、王子！　どこへ行かれるのですか、王子！」

侍従が慌てているが知ったことではない。国王からの呼び出しより優先すべきことができたのだから。


クーツ王子は国王の話を曲解して、魔導具があれば誰でも聖女にできるのだと考えた。

（契約の魔導具、台座のほう。覚えているぞ、あの忌々しい女と初めて顔合わせをしたとき、父上が持っていた、しみったれた四角い石だ）

あれがあれば、聖女を作ることができる。

ならば、愛しの金の髪と青き瞳を持つ、美しきクシマ公爵令嬢ドロテアを聖女にすればいい。

「待っていろ、ドロテアよ。我らの真実の愛、永遠にしてみせようぞ」

あのとき、聖女アイシャが魔物の大侵攻《スタンピード》を退け王都へ帰還した日。

そのまま広間へと引き摺《ず》りだしたアイシャに、クーツが婚約破棄と追放を告げた後。

当時王太子だったクーツ王子はすぐに、真実愛していた美しきクシマ公爵令嬢ドロテアを新たな婚約者として王城に迎えるつもりだった。

しかしアイシャに少し遅れて遠征から帰還した国王にその婚約が認められることはなく。

それどころかクーツは廃太子の憂き目に遭ってしまった。その上、ドロテアは別の男との婚約を彼女の父公爵から強制的に決められてしまったと知って、クーツはそれから毎晩枕を濡らした。

（ドロテアと結ばれるためには、もはや彼女を新たな聖女にするしかない！）

この国では、聖女は王族の男と結婚するのがならいだ。ドロテアさえ聖女になれば、もう何も問題はない。堂々と己の伴侶へとできるはずだった。

侍従に命じて馬車を手配させ、ドロテアの謹慎するクシマ公爵邸へと急いだ。

クーツ王子の手には、聖女が国と契約を交わすときに用いる魔導具の台座側が握られている。

クーツはこれが父王の私室に置かれているのを知っていた。衛兵の目を掻い潜《くぐ》り忍びこみ、密かに手に入れたときには、高揚感で全身が満たされるようだった。まるで勝利が既に我が手にあるかのようだ。

更に幸いなことに、クシマ公爵邸には公爵夫妻も、ドロテアの兄弟たちも留守だった。いるのは謹慎中のドロテアだけ。こうなると、如何に出入り禁止とされていようが、王子のクーツを公爵邸の使用人たちは拒めない。

魔導具の台座を手に、クーツは悠々と公爵邸の廊下を歩く。愛しの美しきドロテアの元へと。

目的の部屋へと辿り着きドアを開けば、そこには沈んだ様子でソファに凭《もた》れていたドロテアが、驚いたように青い目を見開いて突然の来客を振り返った。

「ドロテア、待たせたな！」

「クーツ様!?」

愛し合うふたりに、それ以上の言葉は要らなかった。

クーツは邪魔な石の台座を後ろの侍従に放り投げ、空いた両腕で、飛び込んできた金の巻き毛の愛しい女性を想いの丈を込めて抱き締めた。

華奢な身体に豊満な胸元。柔らかく女性らしいその感触に本能が催しそうになるが、ぐっと堪えて抱擁し合った。

「ああ……どうかお顔をもっとよく見せてくださいませ、もう二度とお逢いできぬものと毎夜枕を濡らしておりました」

「お前もか、愛しのドロテアよ」

クーツの紫の瞳と、ドロテアの青い瞳が見つめ合う。

どちらも見る者の心をうっとりと蕩かすような美男美女だったが、今は互いの姿しか目に入らなかった。

「ドロテア。お前が他国に嫁《か》すと聞いたときには、この胸は張り裂けそうだったぞ。婚約は破棄されたと聞いた。何と喜ばしいことか！」

「……あの新聞記事のせいですわ。クーツ様のいるこの国から離れずとも済んだことは喜ばしいのですが、わたくしの名誉はだいぶ傷つきました」

「それもこれも、あの忌々しい偽聖女のせいだ。お前のせいではない！」

せっかく体裁よく追い出せたと思ったら、本人はこちらの手の届かない場所に隠れて、自分にだけ都合の良い記事を投稿し続け世間を騒がせている。とても、クーツには許せるものではなかった。

「ああ、でもクーツ様。アイシャの追放は本当に良いことだったのでしょうか。確かにあの女はいつも気持ちの悪い顔をして気分を悪くさせる女でした。けれど父も母も兄たちも、皆がわたくしを責めるのです」

「それは皆があの女だけが聖女と思っているからだ。我が母とて元は聖女であるし、……これは王家の秘密なのだが、聖女は本来、相応しいものに資格と力を授けることが可能なのだ」

後ろに控えていた侍従から魔導具の台座を受け取る。

「クーツ様、これは？」

「王家に伝わる、聖女の魂と力を封じ込めた魔導具だ。これを使って、私はお前を新たな聖女としたい」

そう言って差し出された四角い石の台座を、だがドロテアは手に取ることを躊躇《ためら》った。

「確かにわたくしには魔力がありますが……。けれど聖女に求められる聖なる魔力ではなくて……」

「安心しろ。そのための魔導具だ。ほら、台座の裏にも刻まれているだろう。『覚悟ある者に力を授ける』と。私はお前に、私の側に居続ける覚悟を持ってもらいたいのだ」

「クーツ様。……わかりました」

そこまで愛する男に言われては断れない。ドロテアは恐る恐る、四角い台座型の魔導具に手を伸ばした。

細く白い指が台座に触れた瞬間、バチッと強い火花がたった。

「あ、あ、ああ……これは……素晴らしいです、力が身体の奥から溢れてくるよう……！」

ドロテアの全身から、うっすらとネオングリーンに光るモヤが立ちのぼる。

クーツは同じものを以前、アイシャにも見たことがあった。即ち聖なる魔力だ。

「最高だ、ドロテア！　やはりお前は聖女となるに相応しい女だったか！」

クーツの顔が喜びに彩られている。再びドロテアを抱き締めようとして、しかし部屋の中の異変に気づいた。

「クーツ様！　クーツ様！　お気をつけください、部屋の空気が何かおかしゅうございます！」

「何だと？」

侍従が叫ぶなり、窓硝子が軋《きし》む音がする。

と次の瞬間、室内の空気が一気に弾力を持ったかのように、濃密な感触を持ってクーツの肌に触れてきた。

パチ……パチ……と静電気が弾けるような小さな音が連続でたつ。音は目の前のドロテアから聞こえていた。

「これは……魔力のオーバーヒートか？」

クーツにはあまり魔力がなく、魔力使いの知識も基礎程度しか持っていなかった。

しかし目に見えるほどの魔力を持つ者は力が強いことぐらいは知っていた。とても喜ばしいことだ。

だが。

「……え？　……嘘、これはなに……？」

ふと聖なる魔力に身を浸していたドロテアが、青い目を見開いた。ドロテアから発せられていた聖なる魔力が、黒いモヤに塗り潰されていく。

「ぐっ、……うッ」

「ドロテア!?」

胸元を押さえて苦しげにドロテアが呻く。

そして黒いタールのような、猛烈な汚臭のする血を吐いて、その場に倒れかけた。

クーツはその身体を咄嗟に支えたが、ドロテアは目を閉じたままぴくりとも動かない。

「ドロテア、ドロテア！　どうしたのだ、ドロテア！」

必死に名前を呼んで呼びかけるが、ドロテアは反応しない。

顔を覗き込んでいると、見る見るうちに白い肌が青ざめ、やがて目の周りに濃いクマができて柔らかく産毛も金色で光るようだった薔薇色の頬が痩《こ》けていく。

クーツ王子は知らなかったのだ。この国で聖女となることが、土地の穢れの流れ込む器となることと同義であることを。

ましてや聖女と国の契約の魔導具を使って、聖女の力を得たドロテアは、正しく新たな聖女となっていた。もはや彼女は、この穢れから逃れられない。

＊＊＊

元王太子クーツは、愛しの美しき公爵令嬢ドロテアを聖女にすることには成功した。

しかし直後、彼女は血を吐いて倒れてしまった。その原因が彼にはわからなかった。

恐慌状態に陥りそうになったが、このまま家族が留守にしている公爵邸に彼女を置いておくわけにはいかない。ドロテアを抱き抱え、自分が乗ってきた馬車で王城へと連れ帰ることにした。

クーツはドロテアを自室に運び己の寝台に寝かせると、すぐに侍従に命じて王城内の医師を手配させた。そしてその足でそのまま、父親である国王の執務室へ向かった。

「クーツ。お前という奴は呼び出しても一向に来ないと思ったら、ドロテア嬢のもとへ行っていたのか」

執務室で息子の話を聞いた国王は、もはやクーツ王子に何の期待もしていなかった。

大きな溜め息をつきながら宰相に目配せをして執務室から出すと、聖女との契約の真相を息子に語った。

本来なら王太子に国王の座を譲位するまで何年もかけて伝え、理解を促すべきカーナ王国と王家の実態を。

何より第一は、聖女の存在意義だ。

このカーナ王国の土地の下には邪悪な古代生物の死体が埋まっている。そのせいで土地に発生する穢れを浄化するため、魔力使いの中でも特に浄化能力に優れる聖女と契約を交わし、浄化し続けてもらうことで平穏と繁栄を得て代を重ねてきている。

百年に一度の魔物の大侵攻《スタンピード》は穢れが原因で起こるものだ。一度退けた後でも浄化は常に必要だ。穢れの浄化は、聖なる魔力の持ち主しか行えない。穢れの浄化が止まれば、百年は五十年、五十年はその半分、また更に半分……と次のスタンピード発生までの年数が短くなってしまう。

「そ、そんな……ではアイシャと婚約破棄し追放したということは……」

「聖女と国の契約不履行だ。今は良い。まだこれだけで被害が済んでいるということは、聖女アイシャがまだ国内にいるということだ。だが国外に出て行ってしまったとき、彼女が負担していた負荷が我々王族に一気に雪崩《なだれ》のように流れ込んでくるぞ」

現に、既に幼い王女コーネリアがその煽《あお》りを食らって亡くなったばかりだ。自身も可愛がっていた三歳の妹の死をここで初めて知らされたクーツは、信じられない思いで父王を凝視した。

「死んだ？　誰がです？　……コニー……コーネリアが？」

無邪気で愛らしい妹王女の顔を最後に見たのはいつだったろう。聖女アイシャを追放し新聞に聖女投稿が掲載され、部屋で謹慎を命じられる前日までだ。

クーツの脳裏にはまた、先ほどの血を吐いて倒れた愛しきドロテアの姿が浮かぶ。

「ああ……そんな、そんな、では私がしたことは……」

「この国を破滅へ導く愚行であった」

そして、まだ幼い妹王女と愛する女を破滅へと導いた張本人だ。

だが国王には、人々がアイシャを過度に虐《しいた》げた理由もわかっていた。

「聖女の役割は、この地の邪悪な魔力を穢れとして引き受けることにある。常人の何十倍、何百倍もその身に受け入れて、膨大な魔力でもって時間とともに浄化していく」

ただし、浄化するまでは常に穢《けが》れに帯電することになる。それの意味するところとは。

「我が国の聖女は、ゴミや腐敗物が詰まった、生きた袋なのだ。美しいものを見慣れた我々王族や貴族たちには、この上なく穢《けが》らわしいものに見えるのは仕方がない」

「そんな……」

「だが、聖女だ。だから我々王族は、どれほど聖女が醜く悍《おぞ》ましいものに見えていたとしても、大事にせねばならない。それが建国から続く聖女との誓約だったのだ！」

どれだけ契約時に誓約内容を誤魔化しても、初代聖女が初代カーナ王国の国王と交わした『聖女を大事にする』だけは外すことができなかった。

アイシャだけではない。国王としての己の側に付き従う〝あの女〟も含めて。

「そ、それほど重要なことをなぜ私に教えてくれなかったのですか。それに汚物の詰まった生きた袋？　そんなものの婚約者にされた私こそが被害者ではありませんか！」

「……何が被害者か。肥溜めとて浄化すれば花も飾れよう。聖女が抱える穢《けが》れを浄化するアミュレットを、高価なワイン代のために貴様、いったい幾つ売り払った？」

本来なら王太子だったクーツに、父親の国王自ら時間をかけて教えねばならないことだった。それは認める。

国王は聖女アイシャの手の届かない地域に遠征し、騎士や兵士たちを率いて遠征していた。何事もまず百年に一度の魔物の大侵攻《スタンピード》をクリアしてからと考えていたからだ。……考えが甘かった。

遠征続きで国王自身に心の余裕がなかったという言い訳はあった。

しかしもはや、遅きに失した感がある。

「……今さらお前に言っても仕方のないことだが」

と前置きして、息子と同じ金髪紫目の国王アルターは、カーナ王国の建国期から伝わる話をクーツ王子に聞かせた。

家庭教師も、王族や貴族が通う学園の教師も知らないカーナ王国王家の最も暗い面を。

カーナ王国の王族の祖先は、遠く離れた異国で奴隷落ちした賤民《せんみん》だった。元は高貴な出自だったが政争に敗北し、一族を率いて長い放浪の末に今のカーナ王国の場所に辿り着き、国を拓いた。

今も昔も、カーナ王国は広大な円環大陸の中では吹けば飛ぶような小国だ。

それでも一国の領土とするに足る土地が、なぜ祖先の手に入ったのか。理由は単純で、土地が穢《けが》れていたからだ。

特に、現在の王都の地下には巨大な古代生物の死体が化石化して埋まっている。邪悪な竜とも魚とも言われるその生物は古の時代に、竜人族なる人類の上位種の王が退治したものと伝承が伝わっている。

土地は手に入ったが、穢《けが》れが強すぎて人々が居着かないことに祖先たちは苦慮した。

祖先たちが、当時まだ修行中の聖女エイリーに出逢ったのは偶然だった。

建国の祖、後の初代カーナ王国の国王となった男は彼女を必死で口説き落とし、土地の穢《けが》れを引き受け浄化するための契約を結ぶことに成功する。

だが聖女エイリーは力は強かったがあまり賢い女ではなかった。使えないと判断した建国王は早々に彼女を切り捨て、臣下に下賜した。

問題はエイリー以降の聖女をどう確保するかだ。

ところが、他国の聖なる魔力持ちにエイリーと同じような役割を求めても、例外なくすべて断られ続けた。

そもそも、カーナ王国の場所は人が住めるような土地ではない。無駄な努力はせず、王族も国民も他国に帰化するのがよい、というのが共通する助言だった。

その助言に素直に従うには、遅すぎた。王族も国民もその頃にはカーナ王国に根を張っていて、国を捨てられない愛着ができていたためである。

そこで王族たちはどうしたか。

現在まで続く非人道的な行動に出た。

カーナ王族たちは一計を案じた。聖女の魔力を都合よく引き出すための呪法を用いたのだ。

まず、聖なる魔力を持つ、聖女の素質のある者をまだ本人が幼いうちから見出すよう国内の教会に依頼した。そうして教会が国内から探し出してきた聖女候補がまだ幼く適切な判断力がないうちに、ある呪法を仕掛けた。

そのままで比類なき存在で、強大な力を持つ聖女に穢《けが》れを押し付けることなど、本来であれば不可能だ。その不可能を可能にするために、聖女自身の自己肯定感を低める呪法を仕掛けている。

カーナ王国が聖女に仕掛けた〝呪詛〟は、本人の無意識の底に〝賤民《せんみん》の感覚〟を植え付けることで「穢《けが》れを受け入れる器となっても仕方がない」と本人自ら望むようにさせる類のものだった。

それは、カーナ王国の王族たちがかつて自分たちを貶《おとし》め追放した政争の勝利者たちに仕掛けられたものと同じ呪法だった。

その呪法の名を〝賤民《せんみん》呪法〟という。

旧世代魔力使いたちが使う呪法の中で、最も悪辣で非人道的と言われ、現在では名前と存在は知られていても扱える術者はほぼ淘汰されている。

建国から五百年。カーナ王国はこのような事情で、本来自由であるはずの聖女を己の国だけに縛り付けている。聖女に賤民《せんみん》の感覚を植え付けて支配し、国のために使い潰す非道な呪術を伝統的に行っている。それがカーナ王国だ。

当然、為政者として王は知っている。だからこそ気の毒なアイシャに、表面的なものとはいえ優しかったのだ。意図がどうあれ『聖女を大事に扱う』誓約をそのように歪んだ形で果たしていた。

ここで国王アルターは息子のクーツ王子に、自分たちには初代聖女の血は一滴も流れていない事実を語った。

初代聖女エイリーは建国の祖の正妃だったが、初代国王との間に子供はいなかった。それどころか結果的に彼女を当時の臣下に下げ渡すことで捨てていたことも赤裸々に伝えた。

「そ、そんな。我らは初代聖女エイリー様の血を引いている。それが王族の誇りだと習ってきたのは何だったのですか!?」

すると国王は気の毒で可哀想なものを見る目でクーツを見下ろしてきた。

「お前は建前とは使い分けるものだと知らぬのか？」

「父上！　これだけはそんな口先の言い訳では私は誤魔化されません！」

反抗する息子に、国王は深い深い溜め息をついて真実を語った。

「建国したばかりの初代国王〝トオン〟には、後ろ盾が必要だった。近隣国の姫を貰い受けることになったが、カーナ王国より歴史のある他国の姫を側室にはできぬ。だから初代聖女エイリーは信頼できる臣下へと下賜された」

時代が下るにつれて、カーナ王族が魔力使いとして持っていた魔力も術も現在ではほとんど失われている。

そのせいで、今はもう聖女との契約を変更したり、より優位な条件を加えたりするだけの力もなく。

次第に、聖女を騙さなければ契約自体も結べなくなっていたのが、近年の王家の実態だった。

「さて、それで。お前は契約の台座を盗み出し、ドロテア嬢を新たな聖女にしたのだったな。愛する女を賤民《せんみん》に落とした気分はどうなのだ？」

父王に問い正されるも、クーツ王子は既に打ちのめされていて、何も言うことはできなかった。

クーツ王子は魂を抜かれたかのように、国王の執務室を出て、ふらふらと覚束ない足取りで自室へと戻った。

部屋に入るなり、すぐ目に入った応接間のソファに身を預けた。力が入らない。

「……クーツ王子殿下。よろしいでしょうか？」

それまで言葉もなくクーツに付き従っていた年の近い男の侍従が、声をかけてきた。

クーツは億劫ながら紫の瞳で傍らの侍従を見上げた。

「……何だ」

「不敬を承知で申し上げます。……なぜ、聖女アイシャに事前に話を通さず、婚約破棄と追放を一方的に申し渡したのですか？」

「何だと？」

一度口を開いたことで勇気が出たのだろう。侍従はひとつ深呼吸してから先を続けた。

「殿下が公爵令嬢のドロテア様を真実、愛しておられたこと。侍従の私は誰より理解しております。

ですが、それならご自身の思いを聖女アイシャに伝えて円満に婚約解消し、彼女には王城から教会へ戻ってもらえば良かったのではないでしょうか？」

ぐうの音も出ないほどの正論だった。確かに、そうすればアイシャはそのまま聖女として、教会を中心に今もカーナ王国のため働いていたはずだった。『聖女投稿』などという王家の威信を今も揺るがし続けているふざけたものが生まれることもなく。

「僭越ながら……誠意を持って申し出れば、聖女アイシャは殿下との婚約を快く解消してくれたかと」

「……そう、だな」

言われてみればその通りだ。なぜ、自分はあんなに残酷で高揚した気持ちのままに、アイシャを断罪し追放までしたのだろう。

「……少し、考えごとをしたい。下がれ」

侍従は深く頭を下げてクーツ王子の前から辞していった。

寝室には公爵家から連れ帰った愛しきドロテアがいる。だがクーツは足が竦《すく》んで、すぐには彼女のもとへと向かうことができなかった。黒い血を吐いて昏倒した彼女は、この後助かるのだろうか。

クーツは己の愚かさを思って、きつく唇を噛み締めた。

＊　＊　＊

王都の南地区の外れにある、赤レンガの古書店の建物内の一階で。

トオンとカズンが届いたばかりの小さな木箱の中を覗き込んでいた。

配達人が来る前に、ちょうどトオンの名前について二人で話していたのだ。

「お袋がさ、娘時代に教会の礼拝堂で見た初代国王の絵姿に一目惚れしたことがあったらしくて。そんなことずっと忘れてたんだけど、国王のクソ野郎と……ムニャムニャあって俺を産んだら同じ金髪とよく似た顔だったから、つい同じ名前付けちゃったんだって」

とは初代国王と同じ名を持つトオンの言だ。

「マルタさんには感謝だな。今どきは魔術で母体を損なうことなく堕胎できるのに、心が傷ついてもお前を産んでくれた」

「……ほんと、お袋には頭が上がらないんだ。まあ料理はあんまり上手くなかったけどさ」

そのトオンの母、下女マルタからの差し入れが今日また届いた。

マルタも当初は一人暮らしになる息子トオンに手作り惣菜などを送ってくれていたそうなのだが、正直〝飯マズ〟なので残したり腐らせたりすることが多かったという。

それを伝えたところ、今ではこうして料理ではなく材料を送ってくるようになったとのこと。

小型の木箱の中にはたくさんの食材と、トオンやアイシャだけでなく、カズンにまで毛糸の腹巻きを編んで緩衝材代わりにして入れて送ってきてくれた。

「これは嬉しい。この建物は古くて寒いからな……」

もっとも、アイシャが来てからは聖女の祥兆《しょうちょう》で隙間風はほとんどなくなったのだが。

毛糸の腹巻きはカーナ王国で昔からよく使われている格子状の多色の模様入り。三人とも同じものだったがそれぞれの名前が刺繍糸で下部の端に目立たぬように入っている。

編み目も揃ってなかなかの出来だ。下女マルタは料理はいまいちでも編み物の腕は良いらしい。

「アイシャ、喜んでくれるかな」

「まあとりあえず渡してくるといい。そろそろ昼だから一緒に降りて来てくれるか」

＊　＊　＊

失意に沈むクーツ王子が何とか気力を奮い立たせて寝室へ入ると、侍従の手配した医師がまだドロテアを診察中だった。

「どうだ、ドロテアは助かるか」

「恐れながら殿下、これは私の手には負えませぬ。それこそ聖女様の管轄かと」

ドロテアは寝台の上でどす黒い顔をしたまま苦しげに呻いているものの、まだ目を覚ましていない。寝室内にはドロテアがまた吐いたらしき黒い血の汚臭が漂っている。

看病する者の手配をすることと、また明日来ることだけ言って医師はそそくさと帰って行った。

「聖女だと？　あの女になど頼ってたまるか！」

そもそも聖女アイシャは現在どこにいるかわからない。

聖女投稿を掲載している新聞社に問い合わせても、新聞社側も匿名で送られてくる手紙の差出人を特定できていないとの回答だった。

「いや、待て。聖女ならもうひとりいるではないか」

クーツ王子の母にして王妃ベルセルカが。アイシャが聖女となる前は彼女が表立って聖女としてこの国を護っていたのだ。

クーツ王子は無性に、いつも優しく慈悲と母性に溢れたあのふくよかな顔を見たくなった。

あの緩やかな肩までの灰色の癖毛とローズピンクの瞳の淑女は、きっと己を抱き締めて慰めてくれる。


だが、思い立ってすぐ王妃の部屋に向かったクーツ王子は、そこでありえないものを見た。

「は、母上？　どうされたのですか。それにその格好は……？」

いつもレース細工の付いた美しいドレスを纏っているはずの王妃が、平民の着るような地味な綿のワンピース姿で荷造りをしていた。豊満な身体のせいで胸や腰の辺りが破けそうだったが、クーツ王子にはそこまで気づく余裕がなかった。

「あらあら、王子様。あたしはもう王妃でもなければあなたの母親でもありません。もちろん〝この国の聖女〟でもなくなりましたのよ」

意味がわからない。しかも、〝あたし〟と言ったか？　王妃の彼女は自分を〝わたくし〟と優雅に言っていたはず。そんな下町の小娘のような一人称は使ってなかったはずだ。

ポカンと惚《ほう》けた顔になったクーツ王子だったが、王妃当人がきっちり説明してくれた。

「あたしはね、聖女として働くことと、王妃を演じること。この二つを国王陛下と契約していたのよ」

「ど、どういうことですか!?」

「あたしは、聖女と王妃を演じる魔女だったんです。ああ、あなたと下の王子様と王女様の母親役もですね」

「は、母上は聖女ではなかったのですか？」

「それは一概には言えないことね。あたしはこのカーナ王国にあるような穢《けが》れが大好物なの。その特質を見込まれてこの国の聖女となったんですよ。本当は俗に言う〝悪い魔女〟ってやつです」

クーツ王子が生まれる何年も前のことだ。魔力をチャージするため、仲間内で知られていた穢《けが》れた土地の上に造られたカーナ王国の王都へと当時のベルセルカは旅行に来ていた。

当時のカーナ王国は前の聖女が亡くなったばかり。街の至るところに穢《けが》れが噴き出していたこの小国は、ベルセルカにとっては街全体がご馳走のように思えたものだ。

嬉々として魔導具を使ってその穢《けが》れを集めていたとき、ちょうど城下にお忍びで遊びに出ていた、当時まだ王太子だった今の国王アルターと出会った。

当時の国王も王都に溢れていた穢《けが》れの汚染に頭を悩ませていた。長く活躍してくれた有能な聖女が亡くなったばかりで、次の聖女も見つかっていなかった空白の時期のことだ。

そこで偶然出会った『穢《けが》れに強い』魔女のベルセルカを利用しようと考えた。

互いの利害が一致したベルセルカと王太子アルターは、魔導具を介した国と聖女の契約を結んだ。

そして当時まだ伴侶のいなかったアルターと婚姻を結び王太子妃になる。数年後、アルターが国王に即位してからは王妃となった。

「けど、あたしは魔力使いとしてはそんなに有能じゃなくてね。多少は穢《けが》れを消化できたけど、国にとっては焼け石に水ぐらいの成果しか出せなかったから、あなたの父親には散々罵倒されたものよ」

自分から望んだくせに、何とも勝手なものだとベルセルカが呆れている。

それでも、いないよりマシの中継ぎの聖女だった。

カーナ王国の聖女は、常に二人存在するのが理想だ。

大抵は、後継者が契約の魔導具を通じて国から認定されると、それまでの聖女は新たな聖女のスペアとなってキープされる。そのせいもあって、王族や王族に近い血筋の男の伴侶になるのだ。

もっとも、ベルセルカが国の聖女とされた頃のように、聖女がいない時期がどうしても出てきてしまうのは仕方がない。そうそう都合よく聖なる魔力持ちが定期的に生まれるわけもなかった。

「ふふ、聖女アイシャの次の聖女が決まったのでしょ？　前々聖女のあたしはもうお役御免なのよお」

契約の魔導具で縛れる聖女は二人まで。それ以前の者は順に解放される仕組みだ。

ベルセルカは先刻、己を縛る国との契約が切れたことを感じ取った。だからもう『王妃』としてのドレスも宝石も脱ぎ捨てて、ただの魔女として持っていた服に着替えたのだ。

聖女となった二十数年前と比べると王城暮らしで太ってしまっていたから、まだ若かった頃のワンピースはギリギリ入ったものの、きつい。しかしベルセルカに王妃以外の服はこれしかないから、王城を出るまではきつくても着ているしかない。

「やりたくもない王妃にさせられて、育てたくもない子供の母親をさせられて。ほんと大変だったわあ。でもそれももう終わり！」

清々したと退去の準備に戻るベルセルカだったが、知らされた事実に惚《ほう》けていたクーツ王子が我に返った。

「は、母上。いや実母でなかったとしても私の母はあなただけです！　そして私はあなたが優れた聖女であることも知っております！」

「まあ。あなたの目はとんだ節穴ね、王子様」

「王子様などと他人行儀なことを言わないでください！　どうかクーツと！」

「じゃあ、クーツ王子様？　あたしはもうここを出ますから、どいてくれます？」

「あああ……母上……」

もう王妃を演じるつもりのないベルセルカにとっては、クーツはとっくに他人だった。

それが言動の端々からわかり、クーツは彼女の足元に崩れ落ち、それでも粗末な靴の足元に縋《すが》りついた。

「去ると仰《おっしゃ》るならそれでもいい。ですがその前に、どうか私のドロテアを助けてください」

「ん？　ドロテア嬢がどうかしたの？」

不思議そうな声色に希望を感じて、地に伏していたクーツは勢いよく顔を上げた。

「ど、ドロテアは新たな聖女となったのです。しかし直後、血を吐いて倒れてしまいました」

「えええ!? 何をしてるの？ まさか契約の魔導具を使った？ ほらあの四角い化石を使った魔導具」

「は、はい。それを持ってドロテアを聖女にしました。父上が言っていたのです。あの魔導具の中の聖女の魂と力を使って、聖女は作れるのだと」

一通り説明を聞き終わったベルセルカは、呆れたようにローズピンクの瞳でクーツを見下ろした。

「あたしも、あの魔導具で聖女になったんですよ。でもあたしは穢《けが》れに強いけど、ドロテア嬢はちょっと魔力があるだけで魔力使いの訓練も何もしてないお嬢様でしょう？ ……危険ね」

去る前に様子だけは見てやると言って、ベルセルカは粗末な綿のワンピースを隠すように足元まである長い黒のローブを羽織った。そのまま中身で膨れた旅行バッグを持って王妃の部屋を出る。

ドロテアはクーツ王子の寝室に匿《かくま》っているという。

到着するまでの僅かな間にふたりは話をした。

「あなたが聖女アイシャを追放した今、作られた聖女ドロテアがひとりだけってことね。はは、あなたも酷いことするわね、王子様」

「国の穢《けが》れが聖女に流れ込むことを、さっき初めて父上から聞きました」

「初めて？ へえ、あなた随分あの男に甘やかされてたのねえ。あいつが同じこと聞かされたのはまだ少年だった頃だって。あまりの恐ろしさに泣き叫んだらしいわよ」

「はあ、そうなのですか」

気のない返事をしたクーツだったが、この一連の話が重要だったことに後で気づくことになる。

「それで、愛していた女を聖女にすることができなくて別れざるを得なかったって、何度も恨み言を言われたもの。何であたしに言うのかしら？　意味がわからないわ」

この国の王族の理不尽さときたら円環大陸でもピカイチだ。他の国なら、もう少しくらいはまともなのだが。


そしてドロテアを見たベルセルカは開口一番、無理と断言した。

ドロテアはまだ目を覚まさない。白く美しかった肌は青ざめるどころかどす黒く変色して、目元は真っ黒なクマができてしまっている。聖女となったことで流れ込んできた穢《けが》れにより、中毒を起こしている状態だった。

「これはあたしじゃ無理ね。聖女アイシャにお頼み申し上げなさいな」

「そんな！　あの女に頼ることだけは嫌です！」

「……あなた、ドロテア嬢を助けたくないの？　あなたの矜持とドロテア嬢なら矜持のほうが大切？」

しかしそれでも嫌だと言い張る。ならばとベルセルカはクーツ王子を伴《ともな》って、聖女アイシャが住んでいた王城内の部屋へ向かった。

聖女アイシャの部屋はまだ手付かずで、国王の指示でそのまま残してある。

クーツ王子と一緒になってベルセルカは部屋中を探した。

「母上、もう何も役に立ちそうなものは残っておりません」

「あなたが売り払ってしまったものね？　あたしも読んだわよ、『聖女投稿』。お高いワイン代に使ったんですって？」

「…………」

「ふふ。いいんじゃない？　美味しいワインはあたしも大好き。毎日一本必ず飲ませてくれるからって契約であたし聖女となったのよ。……あら、これ。いいんじゃない？」

部屋中を引っ繰り返してクーツ王子の息が乱れるようになった頃、ベルセルカは机の上のペーパーウェイトを手に取った。

「母上、そんなものより役に立つものを探してください！」

「ほんとに節穴の目なんだから。これはね、魔法樹脂というのよ。力のある魔力使いが魔力を透明な樹脂に固めたものなの」

「えっ」

言われてベルセルカの手の中のペーパーウェイトを見る。だが歪な円形で中にヒイラギの葉が一枚入っているきりのそれが重要そうなものだとは、クーツの目には見えなかった。

不満そうな顔のクーツ王子を、ベルセルカはじっと見つめた。

（この代々伝わる魔法樹脂から放たれている聖女の魔力が見えないのかあ。困ったわねえ、聖女アイシャの加護をすっかり失ってるじゃない）

魔女ベルセルカの目には、己の手に乗せたペーパーウェイトから、部屋いっぱいに網目状のネオングリーンの聖なる魔力が広がっているのがわかる。

（この国の王侯貴族は目に見えることだけが大事なのよね。そして本当に大事なものをいつも取りこぼす。そういうの『心がない』っていうのよ）

この国の聖女となってすぐに、王城内の王族や貴族たちの上っ面重視の在り方を看破したベルセルカは、歴代聖女の中では異端らしい。

毎日侍女に髪や肌の手入れを念入りにさせて、ベルセルカの跳ね放題だった灰色の癖毛は銀のように美しい艶《つや》が出て落ち着き、肌も指先まですっかり上流階級の夫人のものだ。

ドレスは毎月新しいものを揃えたし、宝飾品も積極的に求めた。

国王はそんなベルセルカを好きにさせていた。王妃らしく振る舞う分には文句もなかったようだ。

魔女ベルセルカはペーパーウェイトの上に左手の指先を翳《かざ》した。するとペーパーウェイト全体がうっすらとネオングリーンに光る。

「こ、これは？」

「魔導具とまではいえないけど、聖女アイシャの持ち物だけあって彼女の聖なる魔力が染《し》み込んでるわ。ドロテアの側に置いておあげなさい」

聖女の恩恵を〝目に見える形〟にしてやった。この程度なら餞別代わりにしてやっても構わないだろう。

さあ、これでもう用は済んだ。

王城を出るというベルセルカを、だが最後にどうしても知りたいと、クーツ王子は引き止めた。

「母上。あなたが私の母でないというなら、誰が私の母なのですか？」

答えてくれないかもしれない、と恐る恐る尋ねてみると、ベルセルカはあっさりと教えてくれた。

「あなたがご執心のドロテア嬢の母親ですよ。アルターの元婚約者で最愛の女。聖女にして苦しめることはできないからと泣く泣く手放して王家の親戚の公爵家へ嫁がせた、ね。国王は不倫相手の産んだ息子を引き取ってあなたを嫡子としたわけ」

「は？　……え？」

予想外すぎてクーツの思考が止まった。

「死んだコーネリア王女は女官長との間の子。あなたの弟王子は街の娼婦との子。ふふ、あたしが子を産めれば良かったのだけど、それは契約になかったから」

この国の聖女は、土地の穢れを集めて浄化する汚泥の詰まった袋だ。聖女から穢《けが》れが〝戻る〟ことを恐れて、国王アルターがベルセルカの身体に触れることは一度もなかった。同衾の経験もない。

もっとも、歴代聖女と王族たちの中には懇《ねんご》ろになった者たちもいたようだが。

「あたし、ああいう顔の良い男嫌いなのよね。あら、あなたもあの男そっくり。それではさようなら！」

そうして魔女ベルセルカは、もう自分は王家との契約は切れているからこれでお別れだとクーツ王子に告げて王城を去っていった。

「待って……待ってください、母上！　では私とドロテアは……!?」

父と母を同じくする兄妹だったのか。

カーナ王国の法律では兄妹の結婚は不可能だ。王族に甘い法律の多いこの国でも許されない。

では最初からこの愛は実を結ぶことがなかったというのか。

だから父王は自分とドロテアの婚約を認めなかったのだと、クーツは真の絶望を知った。

＊＊＊

トオンが以前、アイシャの荒れた肌や手のために買ってきたハーブ入りの万能油の小瓶はどうなったか。トオンはさりげなく宿の備品だと言って彼女の部屋の机の上に置いてきて、それで終わってしまったらしい。

「……プレゼントと言って渡せなかったのか？」

何だかとても残念なものを見る目でカズンに見られて、トオンは居たたまれなかった。

「だって、女の子とこんなに親しくなったことってなかったから。上手いやり方がわからないんだ」

それでも外に出て街の人々の家や商店から古紙回収に出る合間に、小物や雑貨の店を覗くことは忘れないトオンだった。

「お姉さん。若い女の子にあげて喜ばれるものって何だろ？」

以前アイシャと夕飯を食べに来た広場に来ると、端の日陰の露店でアクセサリーを売っていた。

黒いフード付きのローブを着た、小太りの女の占い師がいたので話しかけてみた。灰色の髪がフードから除いていたが顔は目元を隠している。

「あら、どんな子なの？」

「……かわいい」

「くあー！　甘酸っぱいわね！　その幸せをあたしにも分けてー！」

それでも何とかトオンから〝彼女〟の特徴を聞き出した占い師は、側の袋の中から小さな髪留めを取り出してきた。

「これ、駆け出しの魔導具師が手慰みに作ったものでね。工房でゴミにするにはもったいないけど、使いにくいクズ金箔を集めて作ったのよ。でも、そういうわりに、なかなか綺麗でしょ」

「ほんとだ。黒い髪に金箔が映えそう」

「んふ。お買い上げ、……しますぅ？」

「いくら？」

「小金貨三枚♪」

「高ッ！　それじゃさすがに無理だよ」

トオンの月収は小金貨十数枚というところで、服や靴でも出したことのない金額だ。

「こんなのでも魔導具師が作ったものだからねえ。うーん……じゃあしょうがないな、小金貨二枚でどう？　それでいいなら、ここにあるアクセサリー、あと二個おまけにつけてあげるけど？」

「う」

上手い。無理だという小金貨三枚のインパクトに加えて、一気に小金貨二枚まで落ちた。しかも特典まで付けて。そして今、トオンの懐には諸々の古紙回収の集金などが終わってちょうど金貨二枚があるのである。

「ほらほら～これなんてお兄さんの目の色そっくりの石じゃない？　これも魔導具師が作ったのよ、何かご利益あるかもよ？」

彼女の髪、自分の目の色で飾りたくない？

なあんてことを声を潜めて言われてしまうと、男としては弱い。

もちろんです、と言いながら財布を出して気づいたら小金貨二枚分の小銭を差し出していた。

午後になって夕方前には古紙回収の仕事を終えて赤レンガの建物に戻ると、一階の厨房ではカズンが食事の下拵え中。

よしチャンスだ、と思ったトオンはそのまま二階のアイシャの部屋へ向かった。

「え。これを私に？」

緊張した面持ちのトオンから差し出された小さな包みを開いてみると、見覚えのある髪飾りが出てきた。

かつてアイシャが持っていた聖女のアミュレットがふたつ。どちらも、魔導具師でもあった初代聖女エイリーが作ったとされる髪飾り型の魔導具で、髪に装着すると頭部に帯電した穢れを浄化してくれる。

ひとつめは、飾り部分の長方形の透明な樹脂部分が魔法樹脂で、中に黄金の上位金属オリハルコンの金属箔が散らされている。魔法樹脂部分に魔力を流すとオリハルコンが反応して浄化の魔法が発動する。

ふたつめは、癒しと活力の石フローライトを嵌《は》め込んだ飾り付きのバレッタだ。

包みの中には他に指輪も入っていてこれも魔導具だったが、アイシャの知らないものだった。

「あ、あとね、これ」

困惑するアイシャに気づかず、トオンが差し出したのは今、王都で流行しているピンク色のリップクリームだ。

「アイシャに似合うかもって思って、その」

「私にくれるの？」

「……うん」

「こういうの、男の人から初めて貰ったわ。……ありがとう」

恥ずかしそうにはにかむアイシャの肩を抱き寄せるかどうか、トオンの腕が宙をかいている。

「………………！」

ちなみにアイシャの部屋の外、階段近くでは部屋の中の様子を窺っていたカズンが壁に腕を付いて身悶えている。帰宅したならお茶でもどうかと誘いに来たのだが、彼はそこそこ賢明なので邪魔するような無粋はしなかった。

「……よし、今日はまたご馳走パイを作るか！」

呟きながらカズンが階下に行くと、店主不在のため店仕舞いしていたはずの古書店フロアに見慣れぬ人物がいて、カズンは黒い目を見開いた。

「お客さま……ではなさそうだな？」

黒いフード付きのローブ姿の女性だ。

少し遅れてアイシャたちも降りてくると、その人物を見てトオンが「あっ」と声を上げる。

「さっきの露店のお姉さん？」

「王妃様！」

「「え？」」

トオンとカズンが驚いてアイシャの顔と、黒ローブ姿で灰色の髪のふくよかな中年女性とを見比べた。

「はあい。魔女ベルセルカ、まかり越してございますよ、聖女アイシャ」

ピンクローズの瞳がにっこり笑いかけてきた。


それから食堂に皆で移動してお茶を飲みながら、王妃だった元聖女・現魔女ベルセルカが種明かしをしてくれた。

「あたしだって聖女アイシャのこと放置してたわけじゃないのよ。でも下手に突っつくと、あたしに処理できる以上の穢《けが》れが来てしまうから」

露店で占い師を装ってトオンに売ったアクセサリー類は、間違いなくカーナ王国の聖女のアミュレットだった。

「王子様たちが聖女アイシャの私物を何度も奪って出入りの商人に売り払ってたでしょ。そのとき商人たちが帰る前にあたしのところで引き留めて、このふたつだけ回収できたのよ」

と食卓の上にアイシャが置いた髪留めをふたつ指差した。

どちらも地味だったため、アイシャ個人の安い私物だと思われて問題なく引き渡してくれたという。

「それでもあたしの宝物と随分交換させられたのよ？　感謝してほしいものだわ」

それにしても、なぜ元王妃がこのような場所まで来たのか。

当然の疑問に、魔女ベルセルカはこれまでの経緯と、国と聖女の契約の詳細を話した。

「アイシャ、その四つ葉のブローチの台座を覚えてますでしょ？　その魔導具で縛れる聖女は定員二名まで。新しい聖女を作ったから、あたしはお役御免になったのです」

その新しい聖女なる者が、アイシャを婚約破棄して追放を宣言したとき王太子の傍《かたわ》らに寄り添っていたクシマ公爵令嬢ドロテアと知って、アイシャの顔が無表情になった。

「ドロテア様に聖女の適性はなかったはずです」

「そう。だけど台座の魔導具に封入されてた前聖女のあなたの魔力を利用して、聖女になってしまったのよ。そうしたら一気に国の穢《けが》れが流れ込んで卒倒よう」

あれは多分助からない、とベルセルカは呟いた。

ところで魔女ベルセルカは、アイシャがいるここをどうやって突き止めたのか？

「あたしの友達が方位術の達人なのよう。あたしも簡単な術なら使えるの。ほら……」

と食卓のカトラリー入れからスプーンを取り出し、柄の端側を食卓の上に真っ直ぐ立て、先側に自分の魔力を流した。

「見ててね。……北に南に西東、北に南に西東。探し人の方位を示せ、聖女アイシャの方位を示せ」

すると、スプーンの先はアイシャの座る方向にぱたりと倒れた。

「見た？　見た？　これ、占い師ハスミンの持ち技なのよ、一ヶ月ずうっと毎日お高いお酒奢り続けてようやく教えてもらったんだから！」

「占い師ハスミン……」

何やらカズンが複雑そうな表情になっている。

「占い師ハスミン、知ってる？　あの魔術師フリーダヤ様の弟子なのよ、すごいでしょ」

と豊満な胸を張って自慢するベルセルカに、神妙そうな顔を作ってトオンがカズンの傍らに立ち、膝を立てるように中腰になった。

トオンの意図を悟ったアイシャも悪戯に便乗する子供の顔で同じように立ち上がり反対側に立つ。

そうしてトオンがカズンに向けて、彼を紹介するように厳かな仕草で手を差し出した。

「こちらにおわす魔術師カズン殿は」とトオン。

「その魔術師フリーダヤの直弟子なのです」とアイシャが引き継いだ。

「ええっ⁉　嘘でしょ、そんなに若い弟子がいるなんて聞いてないわよ⁉」

カズンの後ろではトオンとアイシャが「驚かせたーイェーイ！」とハイタッチしている。ふたりはもうすっかり仲良しだ。

「フリーダヤ系列の魔術師の中で、僕が一番新しい弟子なんです」

「あらあ……ハスミンとガブリエラ姉妹の後の弟子なのねえ」

「それ情報古いです。二百年は前でしょう。僕の前は十年前くらいに聖者ビクトリノと無欠のルシウスが弟子になってますよ」

「「「聖者ビクトリノ、フリーダヤの弟子なの⁉」」」

聖者ビクトリノといえば、悪人調伏に特化した聖者としてこの国でもよく知られている。三人声を合わせて驚愕する様子に、カズンが黒い目を瞬《またた》かせる。

「そうだが？　僕はそのビクトリノの指示でこの国に聖女アイシャの調査に来たんだ。彼は永遠の国の教会本部の大司祭だからな」

三人が、アイシャとベルセルカだけでなくトオンも交《まじ》えて顔を見合わせている。

「その大司祭様なんだけどね、年に一、二度くらいこの国に来るのよ。それで王都内をいつも視察していくの。アイシャのことをよく気にかけていたっけ。……そうか、彼は旧世代じゃなくて新世代だったのか……」

ベルセルカが顎に指をあてて思案げに斜め上の宙を見ている。

「……いやちょっと待って、〝カズン〟って言った？　もしかしてアケロニア王国のカズン王弟殿下かしら？」

ハッとカズンが黒い目を見開く。しまった、という顔になっている。あまり知られたくないことだったようだ。

「え、王弟ってことはアケロニアの王様の弟なの？」

「最近代替わりしたから、正確には先王の弟だ。今の女王は年上の姪にあたる」

「女王様の叔父さんかあ。いいとこの坊ちゃんどころか、他国の王族だったんじゃないか」

自分も現国王の庶子のトオンがほのぼのとコメントしている。

カズンは料理好きの、時々天然の入る格好付けのお兄さんというだけではなかったらしい。道理で、鮭やチョコレートなど高級品ばかり送ってくる故郷の幼馴染みや親戚がいるわけだ。

「あたし、フリーダヤ様には憧れてるけど、あの環《リンク》ってやつ嫌いなのよねえ。執着をなくさないと使えないとか意味わからないわ。あたしがお酒大好きなのも執着とか言うんでしょ、捨てられないわよ馬鹿じゃないの？」

と酒ならぬ紅茶の入ったカップを持ってベルセルカが斬り捨てている。

「感情のコントロールが鍵なのですが。まあ確かに、魔力使いたちの世界に環《リンク》が現れて八百年。だいぶ知られてきましたが、まだまだ旧世代ぜんぶが新世代には移行してませんね」

「当然よ、あたし他の環《リンク》使い知ってるけど、皆弱っちいじゃない。旧世代に並ぶ新世代はフリーダヤ様と聖女ロータスの系列の魔力使いばっかりだし」

「歯に衣着せぬ方だ」

苦笑するしかない。その通りだからだ。

「あれって結局さあ、元から強い魔力使いが環《リンク》使いになっても強いだけでしょ？　元が弱っちいなら環《リンク》が発現したって弱いままよね？」

「むう……まあ、そうとも言い切れないのですよ、魔女ベルセルカ。たとえば、彼を見てください」

とまた椅子に戻って座り直していたトオンを見る。

「え、え、なに？」

自分以外の視線が集まってトオンはどこか落ち着かないようだ。長めの金の前髪を弄って所在なさげにしている。

「彼を見て気づくことがありますか？」

「王族の血が入ってるわね。その顔立ち、鼻や耳の形……ちょっと指見せてごらんなさい、……何だ、あの王様の子供？　ああ、また庶子かあ」

と国王の婚外子三人を育てた元王妃の魔女はすぐにトオンの正体を看破した。

「いや、そういうことじゃなくて。彼の魔力量はどうかと見て欲しかったのですが」

すまん、本当にすまん、とカズンはトオンに向けて声を潜《ひそ》めて謝った。彼がアイシャに自分の正体をまだはっきり伝えてないことを思い出したからだ。

とはいえ、トオンが気にしている当のアイシャ本人は、今さらなのか特に気にした様子はない。

「魔力？」

と言われて、ベルセルカはじろじろと不躾な視線でトオンを見た。

「カーナ王族の血を引くだけあって、魔力はちゃんと持ってるわね。特に訓練して使えるようには……なってないか。まあ国王や王子たちと一緒で今どきの魔力使いたちの標準よりずっと少ない」

「僕の見立てと同じだ。……で、じゃあこの彼が環《リンク》を発現させたらどうなると思いますか？」

「ええっ、俺が⁉」

「この子が？　そうねえ……」

またベルセルカがトオンをじっくりと見る。

「ちなみに彼は、聖女アイシャの恋人です」

「「なっ⁉」」

「あら、そういうこと？」

突然の爆弾発言に、トオンもアイシャも顔を真っ赤に染め上げた。

「ち、違うわ！　まだ！」

「そうだよ、まだ違う！」

ふたりとも必死で否定していた。が、カズンもベルセルカも微笑みを浮かべた暖かい眼差しで二人を見つめた。

「……だ、そうです」

「あらー。青春してるのねえアイシャ。王子様と婚約破棄して追放までされたのに、また王族の男となの？」

「い、いえ、俺は別に王族でも何でもないので！　顔が似てるだけ！」

「ふうん。まあそういうことにしておいてあげる」

突っ込んで狼狽させるのも楽しかったが、話が進まない。

「まあそれでですよ？　仮にこのトオンが環《リンク》を発現したら、自分の魔力量は少なくても、代わりにアイシャの魔力を使えることでしょう」

アイシャが許可すればの話になるが。

「む？」

「なら、そのとき、今は大して魔力を持たないトオンは〝弱っちい〟まででしょうか？」

「ああ、そういうこと？」

魔力使いは、新旧問わず、魔力の〝量〟さえ確保できれば何とでもなるのだ。

ベルセルカはもうカーナ王国との契約は切れているので、このまま国を出るとのこと。

「アイシャの聖女投稿を最後まで読めなかったのは残念だけど、他国に行っても応援してるわ。元気でね、聖女アイシャ！」

そうして三人で、赤レンガの建物の入り口から魔女ベルセルカを見送った。

「行っちゃったね……」

「なかなかフリーダムでパワフルな人だったな……」

「寂しいわ。王城の中では私に優しく親切な方だったから。……ところで、二人とも」

殊更に良い笑顔でアイシャが男ふたりを見上げた。

「『アイシャの聖女投稿』ってなに？」

「「あ」」

ついに本人にバレるときが来てしまった。

「つまり、私が書いて捨ててた紙を拾って、清書して新聞社に送っていたと。それが掲載されたものが『聖女投稿』の名前で連載記事になってる。そういうこと？」

「「その通りです」」

男ふたりはアイシャの圧力に逆らえなかった。

それから食堂に戻り、問答無用で洗いざらい白状させられてしまった。

「うわあ。ほんとに手紙ごと掲載されてるし。……え、クーツ王太子殿下、廃太子？　ざまぁみろー！」

それから『聖女投稿』や関連記事が掲載されている新聞をすべてトオンが持ってきて本人に見せた。するとアイシャは該当記事に一つ一つ目を通しては大ウケしていた。

「クーツ殿下、結局ドロテア様と結ばれなかったのね。そのドロテア様は他国の貴族との婚約まで破棄された。あの聖騎士様も侍女さんもみんなみんな処罰されたのね！」

あはははは、と大声でひとしきり笑った後のアイシャの顔は輝いている。

「スッキリしたわ！　なによ、こんなものがあるならもっと早く見せて欲しかったわ！」

意外なことにアイシャはトオンとカズンを怒らなかった。それどころか心の底から楽しげである。

「お、怒ってないの？　アイシャ」

「まあ、やってしまったことは仕方ないわ。新聞にわざわざ投稿したことで、殿下たちの酷さを国民も知ったことでしょう。……私も少しは救われた気分よ」

少しは、ということはまだ葛藤が残っているのだろう。そんな言い方だった。

「アイシャ、それでこの後はどうする？　もうトオンの清書を通さず、お前が直接書くか？」

夕飯の準備をしながらカズンが聞いてきた。

「あとひとつだけ、書きたいことがあるの。さっき話に出てた聖者ビクトリノのことよ。それだけ清書して投稿してもらったら、また考えるわ」

「わ、わかった！　心して清書させてもらうよ！」

「ふふ。また丸めて捨てに来たほうがいい？」

「じゃあ今度はゴミ箱じゃなくて俺に渡しに来てよ」

「そうする」


「…………」

（カップルの中にひとり無関係の者が混ざるとつらいな……）

あのふたりはもう、出来上がるまで時間の問題だろう。

燃え上がるような情熱のある関係ではなかったが、馬が合ったのは出逢いの最初から見ていたカズンにはよくわかった。

アイシャとトオンが食堂でふたりの世界を作っている間、厨房に戻り、心を無にしてカズンは調理に集中した。

今日は自信作のパエリヤを作る。市場で新鮮なアサリや海老、イカを調達してきたばかりなのだ。キッチンには貴重なサフランもあったので、軽く炙《あぶ》って鮮やかな黄色が出やすくして……

大きな平たい鉄鍋で玉ねぎや具と炒め、サフラン入りのスープストックを加えた後で、レモンスライスものせてみた。あとはこのまま米に火が通るまで加熱すれば出来上がりだ。

その頃には食堂に広げていた新聞も片付けられていた。

「これまた大量に作ったなあ」

「またお腹いっぱい食べちゃうやつだわ」

レモン好きなアイシャが、鉄鍋の中のレモンスライスを見て顔を輝かせている。

今晩の夕食はパエリヤとチキンスープ、トオンの母マルタがまた送ってきてくれたピクルスだ。

食卓に置いて五分ほど蒸らしてから鉄鍋の蓋を開けると、調理中から漂っていた香味野菜やオリーブオイル、海老や貝などシーフードの香りがぶわーっと食堂内いっぱいに広がる。

そこにレモンの爽やかな芳香も加わって食欲をそそられ、食べるのが待ちきれない。

「今日の糧を永遠の摂理に感謝いたします」

聖女アイシャが簡単な祈りの文句を捧げた後で夕食である。

「お、美味しい……！」

「炊き込みご飯、こんなに美味いのか！」

「レモン！　レモンのってるとこのご飯がすごく美味しい！！！」

満面の笑みでサフラン入り魚介の炊き込みご飯ことパエリヤを頬張るアイシャとトオンに、作り手のカズンはご満悦だった。

（うむ、アイシャもなかなか肥《こ》えてきた。そろそろ脂っ気は控えても良いかもしれん）

アイシャがこの赤レンガの建物にやって来てから、まだ二週間と経っていない。

最初に見たアイシャは痩《や》せて手も脚も鶏ガラの如くだったのだが、せっせとカズンがオイリーでカロリーの高いものを食べさせ続けたら、顔色も良くなり、頬もふっくらと肉が付いてきた。

「お代わり欲しいです！」

「あ、俺も！」

ニコニコ顔で空いた皿を差し出してくるふたりに、カズンは微笑んでお焦げ付きのパエリヤを山盛りにしてやったのだった。


最初にこのトオンの古書店を兼ねた安宿にやって来たとき、アイシャはいつ倒れてもおかしくないほど疲弊して消耗していた。

無理もない。

一ヶ月以上前から、百年に一度の魔物の大侵攻《スタンピード》への対応で戦いに出ていたのだ。

やっと終わらせて帰城したと思ったら、あのクーツ王太子からの断罪と追放ときた。

アイシャの何かにヒビが入った瞬間だった。

（だけど、ここに来て思いっきり寝て、美味しいご飯をたくさん食べて、優しい人たちとたくさんおしゃべりして話も聞いてもらって。毎日おいしいおやつとお茶をしてたら、すっかり元通りよ）

荒れ狂う感情のままに書き続けていたものも、そろそろ自分の中で整理が終わりに近づいてきている。

今となっては、ここに辿り着いた当初、なぜあれほど自分が混乱して半ば精神を病んでいたかが、アイシャにはよくわかっている。

普段の自分なら、穢《けが》れに帯電しても何ということはなかった。すぐに浄化できる力があったから。

クーツ王太子やその周辺の人物の理不尽だって本当はそんなに気にするほどのものではなかった。

（あそこまで消耗してなかったら、きっと彼らの毒気や勢いになんか負けてなかった。悔しい。聖女アイシャ、一生の不覚だわ！）

過酷な戦いの直後でなかったなら。せめて三日早く片付けていたならまだ余力はあった。

あるいは、帰還してすぐ数時間でもいいから自室に戻って仮眠が取れていたなら。

何か温かいスープを一杯でもいい、口にできていたなら。

（あの殿下に期待するだけ無駄だけど。せめて、帰還してすぐに「よくやった」って一言だけでも言ってもらえてたら。……ああ、私も初代聖女エイリーを笑えない）

自分を利用するだけ利用して捨てた初代国王トオンを、それでも愛し続けた初代聖女エイリー。

（まだ村で暮らしていた小さな頃、お母さんが読んでくれた絵本の王子様そっくりだったクーツ殿

下。そりゃそうよ、初代国王の直系子孫で本物の王子様だもの。……さあ、アイシャ。あなたもう吹っ切ってもいいのよ）

三歳年上の本物の金髪紫目の美しい王子様は最悪のろくでなしだったが、アイシャにとっては初恋だった。

……アイシャが理不尽な境遇で虐《しいた》げられても王城から逃げなかった理由だ。

その夜、アイシャはちょっとだけ泣いた。

＊＊＊

『聖女投稿「円環大陸共通暦八〇六年二月十三日、アイシャ

今日は聖者ビクトリノ様の話を聞くことがあったので、彼のことを書く。

……違うか、彼絡みであった出来事かな。

円環大陸の中央にある神秘の永遠の国。

そう、大陸全土にある教会の元締めがある国ね。

彼がそこの教会本部の大司祭であることは皆知ってると思う』

既にアイシャは自分のこの手紙が新聞に投稿されることを知っている。

そのため、やや読者を意識するような書き方になっていた。

『私はカーナ王国に時折やってくるこの大司祭様が大好きだった。同じ聖なる魔力を持つ者と会う

ことは、このカーナ王国では滅多にないのだもの。

今日会った王妃様も私の前の聖女ではあったし同じ王城内にいたけど、彼女はあまり力が強くなかったから。

私は大司祭様とこの王都へやって来て以来、ずっと仲良く親しくさせてもらっていた。

「アイシャ、内緒だぞ？」って言って、いつもこっそり私のローブのポケットに瓶に入ったキャンディをくれるの。それがいつもレモン味ですごく美味しいのよ。

だから私はレモンのお菓子や、レモンが入った料理が大好きになった』

『大司祭様がお越しになるときは、大抵この国の休日だったわ。

彼は決まって必ず、教会での休日の礼拝で、街の人々に説法と聖者の恩恵を与えてくれていた。

聖者の大司祭様からは森の中にいるような、森林浴してるかの如く深みのある樹木の香りがする。

あれほど素晴らしい〝聖者の芳香〟を持つ聖者はそうはいないでしょう』

と自らはオレンジに似た爽やかな芳香を放つ聖女アイシャは書く。

『私は礼拝の後は、大司祭様が特別に時間を割いてくれて、親しく会話を交わすのを、いつもとても楽しみにしていた。

聖者が相手だからこそ話せること、聞けること、確認すべきことが山ほどあって、どれだけ時間があっても足りないほどなのよ』

『あれは、一年以上前のことだった。

王城で国王陛下たちとの謁見を済ませた後で教会まで戻ってきてくれた大司祭様と、応接間で三時間くらいかな。歓談をして、永遠の国に戻る彼をお見送りした後のこと。

私が王城に戻る支度をしていたとき、この国の教会で司祭様たち上級聖職者の世話役の男性が訪ねて来て、私にこのような注意をした。

「いくら聖女様とはいえ、大司祭様と馴れ合うのはおやめいただきたい」

「なぜ？」

私は意味がわからず、その場で聞き返した。

馴れ合う？　どういうこと？

私はこの国の聖女であり、彼は聖者だから互いに相通じるものがある。

私たちは同格なのよ。

それがなぜ『馴れ合うな』？

「永遠の国からの大司祭様ですぞ！　しかも比類なき聖者様でもあらせられる！　あなたのような、胡散臭《うさんくさ》いただの一聖女とは比べ物にならないほど尊い方なのです！　身の程を弁《わきま》えられよ！」

ものすごい剣幕で怒られた。やはり意味がわからない。

だけど、これまで経験してきた中で、傷ついた出来事のトップクラスだったのが、これ。

……私、聖女のバックアップが使命のはずの教会関係者からもこんな態度取られていたのよ。

私は正直、この男のことは今でも恨みに思っている。

お前だけは何があっても、どれだけ時間がかかってもこの力をもって潰してやると思ったわ。

そうね、クーツ元王太子殿下よりずっとずっと恨んでいる。

それだけのことをお前は私にしたのだ』

この出来事は教会の建物内のことだったため、実は密かに目撃してしまった信者がいた。目撃した一信者が、聖女への世話役の男の態度に疑問を感じたことを、他国の教会に問い合わせの手紙として出している。

その手紙が巡り巡って永遠の国の教会の大司祭、聖者ビクトリノに届いた。そのとき同じ魔術師フリーダヤ系列の魔力使いとして、先輩のビクトリノを訪ねていたのがカズンだった。

そこで、ちょうどいい手足ができたと言わんばかりに、軽く頼まれた。

「お前、ちょっとカーナ王国行って聖女アイシャのこと調べて来てくれねえか？」

カズンには彼なりの使命があったが、先輩から言われては断れない。

渋々カーナ王国入りしてトオンの安宿に泊まり、彼の作る食事の不味《まず》さに辟易として「頼むから僕に作らせろ！」と厨房の主導権を奪った頃。

まさかの聖女アイシャ本人が婚約者の王太子に婚約破棄され、追放されて同じ赤レンガの建物にやってくるのだから、何とも縁は異なもの味なものというやつだった。

時は少し遡る。

黒髪黒目の青年、魔術師カズンがカーナ王国入りしたのは、アイシャがトオンの古書店の上の安宿に来る二週間ほど前のことだった。

宿は王都の中ではほとんどタダみたいな値段で泊まれて、店主の不味《まず》いが安い食事が付く。

どのぐらいその食事が不味かったかといえば、本人に言わせると「激マズ」だ。

それでもアイシャが来るまで二週間、カズンはトオンの飯マズに耐えた。育ちの良い彼には、銅貨一枚で量だけは充分な食事を出してくれるこの若い店主に文句を言うなど、とてもできなかったのだ。

だが二週間。二週間だ。

故郷では両親や幼馴染み、親戚や友人たちに「カズンったら食いしん坊さん♪」などと甘やかされて好きなものを食べていた。作っていた。メニュー開発だってしていたぐらい、食への欲求は強かった。

その己が二週間も、食いきるだけで勝利者といえるような食事に耐えたのだ。

（だいたい、なんで野菜とチキンを入れて煮込んだだけのスープがこんなにクソまずなんだ。こんなの適当に塩入れるだけでもじゅうぶん食えるはずだろう!?？）

そのはずだが、とにかくトオンの作るものは全体的に野暮ったく不毛なまでに不味《まず》かった。

その日、店主トオンの作った朝食をきれいに平らげた後で、カズンは表面上はあくまでも冷静に、こう切り出した。

「これからもまだ世話になるんだし、今日の昼からは僕が食事を作ってもいいだろうか？」

「えっ、君、料理できたの？　やってくれるなら助かるよ、その間に本の配達や古紙回収に行けるから。あ、なら帰りに材料買ってくるね！」

拍子抜けするほどあっさり、厨房の支配権を手に入れることに成功したのだった。

（よし、計画通り）

とても悪い顔をしてカズンはニヤリと笑った。こうしてカズンは己の城を手に入れたのである。

以降、カズンは二階の自分が泊まっている部屋より、厨房にいることが多くなった。

文字通りそこは魔術師カズンの城となった。

最初、厨房に足を踏み入れたカズンは驚いたものだ。世の中の料理好きが見たら飛び跳ねて大喜びしそうなほど、設備や食器、調味料、食材が揃っていたからだ。

「ああ、あれね。うちのお袋はものすごい飯マズでさー。俺も料理って得意じゃないし、宝の持ち腐れってやつ」

カズンの作ったハード系のパンとたまごサラダのサンドにかぶりつきながら、トオンが教えてくれた。

「えっ、うま!?　何これすごく美味いんだけど？」

「そうか？　ただ卵を茹でて潰してマヨネーズと和《あ》えたものを挟んだだけなのだが……。まあパンの小麦もバターも質の良いものがあったからな。素材が良かったのだろう」

ちなみに一緒に用意したチキンスープはトオンが毎日作ってくれていたものを、カズンなりに一から調理したものだ。

（たったそれだけなのに、なぜ飯マズになる。まさかこやつ、飯マズスキルでも持っているというのか……？）

などと自分もたまごサンドを食すカズンは忘れているのだ。

自分が調理スキル持ちであったことを。故郷にいたときは初級だったが、出奔して旅を続けているうちに熟練度が上がって中級プラスにまで進化していた。その上、食いしん坊で、食べるのも作るのも大好きなカズンの調理スキルにはオプション属性として〝飯ウマ〟が生えていた。

＊＊＊

時は戻って現在。アイシャが教会関係者の世話役から怒鳴られた話を書いた、「円環大陸共通暦八〇六年二月十三日」の聖女投稿にはまだ続きがある。

『その出来事から以降、大司祭の聖者ビクトリノ様がカーナ王国を訪れることがあっても、私が彼に謁見する機会は途絶えてしまった。

その世話役が、私の婚約者だったクーツ殿下に告げ口したことで、彼が裏から手を回して私が大司祭様に会えないようにしてしまったのだ。

具体的には、大司祭様がお越しになるときに私に地方への視察を申し付けたり、だ』

『大司祭様にはたくさん報告することがあったのに。

辛かった。

だって彼は私の知る限り、唯一の理解者なのだ』

『私のような強力な魔力持ちには元々、日々の慰めが少ない。

ましてやカーナ王国の聖女は特殊すぎて、悩みを相談できる人もほとんどいないのだ。

カーナ王国には私以外の強い魔力使いも少なくて、この孤独に拍車をかけていた。

それでも年に一度か二度。

永遠の国から聖者のビクトリノ様がやって来るのにどれだけ心が慰められていたことか』

聖女も聖者も、魔力使いの中では希少だった。現時点で円環大陸にも十人いるかいないかだ。

稀有な聖なる魔力を持ち、常人を凌駕する圧倒的な魔力と術の数々。

それでもアイシャが他国の聖女だったならまだ良かった。

このカーナ王国の聖女のような、穢《けが》れの集積と浄化に特化した強力な純正聖女は、円環大陸に現在アイシャただひとり。

その孤独を癒す機会を奪った教会の世話役の男を、アイシャは最も根深く恨んでいた。


「その世話役ってさ、西地区の顔役だよ。ミズスィーマさんっていってね。王都の商会や個人商店の集まりに行くといつも取り仕切ってる人だ。へえ、よく気がつく親切な人だと思ってたけど、人は見かけによらないもんだね。そんなに酷い人だとは思わなかった」

もうアイシャ本人に聖女投稿のことを知られてしまったので、自室で隠れて清書する必要もない。

翌日の朝食後、トオンは堂々と食卓の上で、アイシャやカズンと雑談しながら、新聞社へ投稿する用の清書作業をしていた。

「彼はね、自分が司祭になりたい人なのよ。でも聖なる魔力を持たないから、なれる可能性は低い。

それで嫉妬から、いつも私に突っかかってきてた」

「聖女を相手にか。本当にこの国はどうなってるんだ」

カズンが片手で顔を覆って、こちらも溜め息をついている。

「アイシャ。お前はもう、なぜ自分が過度に虐《しいた》げられていたか、その理由を知っているな？」

確信を持った顔でカズンがアイシャに問う。

「……ええ。私を虐《しいた》げて苦しめるとね、普通に聖女として敬うより自分が大きくなったように感じるんじゃないかしら。だからクーツ王太子殿下やドロテア様を始めとした人たちは私をとことん侮蔑し苦しめた」

本人たちが意識的にやっていたか、無意識的にやっていたかはともかく。

「そして、その行為がエスカレートした末の婚約破棄であり、追放か。なるほどな」

「傍から見ていたら、かなり異常でおかしな行動のはずなのよ。だから私は彼ら自身が自分でちゃんとそのことに気づいて、いつかは改めてくれるものと思ってた。……無駄なことをしてしまったわ」

「そういうの、アイシャは自分の聖女の力で何とかならなかったの？」

疑問にはカズンが答えた。

「……本人の知らないところで、どうも王家が何重にも自分たちに都合の良い術を仕掛けて、アイシャの判断力や力を削いでいたようなんだ。こうなると、あちらから追放されたのは逆に幸いだったとしか言いようがない」

もう聖女投稿もバレてしまったので、カズンはアイシャの許可を得て、アイシャを自分の持っていた鑑定スキルで〝人物鑑定〟した。彼女が王家と交わした契約内容や、仕掛けられている術の数々を解析するためだ。

驚いたことに、今は呪詛専門の呪師たちからさえ失伝したはずの、他者を支配するための賎民《せんみん》呪法などがアイシャに施されていた。

この辺りのことは下手に聖女投稿として明らかにすると、国民の暴動が起きかねない。思っていたよりはるかにカーナ王家が非人道的だった。

「でも、もうアイシャは奴らを見限ってるし、自分の力を与えたくなんかないんだろう？」

「……そうね。もちろんよ」

だが、やはり聖女として騙し討ちのようにして国と契約させられた際に使われた、魔導具の台座がネックだった。あの台座に、アイシャの魂の一部が力として奪われたままだ。

今もまだ、アイシャはカーナ王国の下に流れる邪悪な魔力や穢れを処理し続けている。

「じゃあ、これ手紙出してくるね」

と言ってトオンが出かけて不在のうちに、いろいろ話しておくべきことがある。

さて、と前置きしてカズンが黒い瞳でアイシャの澄んだ茶色の瞳を見つめた。

「聖者ビクトリノが来る。もちろん会うだろう？　アイシャ」

「！」

とても辛いことを書いたばかりだ。なのに、すぐに嬉しい知らせが来た。

「会っていいの？　私、ビクトリノ様に会えるの？」

アイシャの瞳に涙が溢れてくる。そんな彼女にカズンは淡々と、だが優しく笑って頷いた。

「さあ、もう辛いことはない。まだ何か心残りはあるか？」

「ない。ないわ、全部書き切った！」

「なら、そろそろ『聖女投稿』もフィナーレだ」

あとはアイシャ自身が新聞の購読者たち、ひいては国民たちに向けて何を発信するかだけだ。

人々は聖女アイシャの言葉を何よりも待ち望んでいるはずだった。

泣かせてしまったアイシャに部屋に戻って顔を拭いてくるよう言って、カズンは昼食の準備を進めることにした。


「またカズンが新たなサーモンパイを作ったー！」

パイが焼ける頃には戻って来たトオンと一緒になって、イェーイと喜びながらアイシャが彼と手を合わせて喜んでくれた。

「今度は？　今度は何が入っているの？」

ワクワクした表情で二人が焼けたばかりのパイがのった皿を覗き込んでくる。

「大したものは入ってない。スモークサーモンと昨日の残り物さ」

いつもより大きめにカットされたサーモンパイが、それぞれの皿にサーブされる。

「えっ、これパエリヤ？」

「パイにご飯入れるって面白い料理ねえ」

しかも今回は、今まであったソースもない。パイ本体だけだ。他には小皿にナッツドレッシングがけの生野菜とポタージュで昼食である。

カズンが出す料理に間違いがないのは既にわかっている。ナイフとフォークで切り分け、ワクワクしながらまずは一口。

「「…………」」

「お味は？」

無言になって咀嚼する二人に、カズンが含み笑いをしている。

「すご……え、嘘でしょ、すごく美味しい……」

「中身に意外性なんにもないのに、うま……すごくうまああ……」

アイシャもトオンも、驚きに目を見開いている。

カズンの作るバターたっぷりのパイ生地が美味いのはわかっている。彼の故郷からの贈り物のスモークサーモンのお味も、ここ数日堪能してきた二人にはよくわかっていた。

だが、まさか昨日も炊き立て熱々を食べたパエリヤの残り物を加えたパイがここまで美味とは、誰が思っただろうか。

「いろいろソースを付けたバージョンもあるのだが、素のこれが一番素朴で美味いんだ。名付けてサーモンパイエタニティ」

「『サーモンパイエタニティ』」

何やらカズンが格好良さげな名前を付けている。

「あ、あのさカズン、そういうネーミングってほら十四歳くらいまでの子がよくやらかすやつ……」

「しっ、トオン黙って！　私たちは美味しくいただくだけでいいの、余計な突っ込みは不要よ！」

と二人が牽制し合っているのに構わず、カズンもまたサーモンパイを食してご満悦である。

「これもカズンの故郷の料理なの？」

「ああ。パエリヤは缶入りスープを生産してる親友の家の料理でな。そいつと鮭送ってきた奴の家に遊びに行ったとき、鮭の奴の叔父さんが作ってくれたんだ」

「へえ……」

カズンもそうだが、他国の王族だという彼の知り合いなら相当に身分の高い人々だろう。それが手ずから料理するというのだから、この国の王族や貴族からは考えられない。

ということをトオンが伝えると、少し考えた後でカズンが簡単に教えてくれた。

「調理スキルは、魔力持ちで料理する者なら大抵ステータス欄に発生するんだ。僕の故郷は魔力使いの国だから、元々は体力や魔力回復のポーション薬を作る薬師スキルから派生したと言われていた」

「『へえ～』」

料理と薬の調合。言われてみれば共通点は多そうだ。

「調理スキルのランクは、初級から始まって初級プラス、中級、中級プラス、上級、上級プラス。

そして究極のヘブンズミールを作成できるランク特級」

「なあに？　ヘブンズミールって？」

「調理スキル特級ランク持ちだけが作れるという、究極の料理の通称でな。その味は口にした者の脳と意識を蕩けさせ、心と身体の病を癒やし、失った手や足すら完全再生するという……」

「いやそれ、エリクサーでしょ。エリクサー料理バージョン。つまり調理スキル特級ランク持ちっていうのはエリクサーが作れる薬師と同じってことだよ」

「何と⁉」

カズンが本気でびっくりしたような顔をしている。まるで知らなかったという顔だ。なおエリクサーは完全回復薬と呼ばれるポーションの一種だ。材料が秘匿されているため市場に出回ることもない神秘の薬である。

「トオン、なんでそんなに詳しいの？」

「子供の頃から魔法使いの出てくる絵本や本、わりと読んだほうなんだ。エリクサーは憧れの魔法薬だしね」

その辺の知識量はさすが古書店の店主というべきか。

「カーナ王国の次に行くべきところが決まったな。特級の薬師スキル持ちのところだ！」

「ええっ、カズン行っちゃいやー！」

「俺もやだー！　せっかく毎日美味しいごはんが食べられるようになったのに！」

母親の料理が不味かったトオンと、王城で食事絡みでの嫌がらせを受けていたアイシャの叫びは切実だった。

さて今日の昼食はサーモンパイだけではない。何げにカズンの自信作はサラダ、ではなくドレッシングのほうだ。

「うま！　ドレッシングがこんなにも美味すぎるってなに!?」

「愛してる。カズンのごはんを愛してる……！」

「そこは素直に僕が好きだと言っておくべきではないか？」

呆れつつもテンション高く喜んでもらえるのは嬉しいので、カズンは秘伝のアーモンドやカシューナッツ入りのクリーミードレッシングのレシピを後で書いて残してやろうと思うのだった。ちゃんと、『料理上手が作るように』との注意書きも添えて。間違ってもトオンが作ってはならない。

「それでだな。さっきアイシャには言ったんだが、聖者ビクトリノが来る。僕は夜に呼び出されているから夕飯は何か外で買ってきてもらえるか？」

「えっ。夜はカズンのごはんなし……？」

しょんぼりする二人に心が痛むが、下拵《ごしら》えだけしても、トオンが仕上げをすると激マズになるのは間違いない。ましてや、幼い頃から王都に来て聖女として生きてきたアイシャに調理スキルなど望むべくもない。

夜、王都東地区の繁盛した居酒屋に呼び出されたカズンは、店内右奥、壁際のテーブル席に目当ての人物を見つけた。

「おう、こっちだカズン。先にやらせてもらってるぜ」

「ビクトリノ」

白髪の短髪、よく日に焼けた肌、銀色の瞳の長身痩躯。年齢は四十代に入ったばかりだろうか。裕福な庶民に見える服装で、ラガービールをジョッキグラスであおりつつ、焼いたチキンの串刺しにかぶりついている。

彼こそが聖者ビクトリノ。魔術師カズンの先輩にあたる、師匠筋の魔力使いだ。カズンにカーナ王国の聖女アイシャの調査を依頼した人物でもある。

彼は円環大陸の中央部にある永遠の国の〝聖者〟だ。そして教会本部の大司祭を兼ねる。

元は他国の司祭だったのが、魔術師フリーダヤと聖女ロータスとの縁をきっかけに聖者へと覚醒した人物だ。その経歴から、人間社会の建前に理解と配慮を示すありがたい存在として知られている。

元々、彼自身が聖女を使い潰すこの国の邪法の可能性に思い至り疑問を覚えていたところに、立て続けに入る聖女アイシャの苦境改善への嘆願。

ちょうどその頃、自分に会いに来ていた後輩のカズンに、一足先にカーナ王国へ向かうよう頼んでいたというのが、現在までの経緯だった。

彼は見た目も言動も親分肌の話のわかる兄貴だが、聖者だ。元は教会の衛兵からの叩き上げ。槍の名手だったが聖者となってからは木の棒に持ち換えて、今では棒術の達人としても知られている。

悪人調伏に特化した聖者で、彼自身、相当の武闘派である。

「で、調査結果は？」

「……酷いものですよ、ビクトリノ。この国は聖女を犠牲にして、国の安定を図《はか》っていたんです」

とふたりが会話しながら飲食しているところへ、身なりの良い壮年男性が所在なさげな雰囲気でやって来た。よくよく見れば、彼がこの王都の教会の司祭であることに気づく者がいただろう。

「おう、来たか。まあ座れよ」

焼き鳥の串を咥《くわ》えたまま、ビクトリノが自分の正面、カズンの隣、しかも壁際の逃げられない席に司祭を座るよう促した。

司祭はよく見ると全身が小刻みに震えている。緊張で脂汗まで流していた。決して店内の熱気のせいではない。

「こっちの若い兄ちゃんはカズンといって、教会本部《うち》の調査員な。んで調査結果読んだが、とんでもないことになってんぞ」

と焼き鳥の皿の隣に調査結果の紙の束を置いた。その弾みで焼き鳥の調味料や油が少し紙の端に付いたが、今はそこを気にしている場合ではない。

「わ、私どもも、まさか聖女アイシャがこのような目に遭っているとは……思いもせず……！」

ビクトリノに送ったものと同じ調査結果の報告書を、カズンはあらかじめ教会にも送付していた。

司祭も当然、ビクトリノに呼び出されてここに来る前に同じものに目を通してきてあるだろう。

その結果、今も冷や汗が止まらないわけだ。

「まあ、そう怖がらんでもいい。取って食いやせん。ただオレも聖者とか呼ばれてるし、教会本部の大司祭って立場もあるからよ。幾つか確認させてもらうぞ」

相手を安心させるような口調と言葉だったが、それが建前に過ぎないことはこの司祭にもわかっているだろう。

「『自分を苦しめた者たちを恨むことなく許せ』とは何だ？　いつから教会はそんな理不尽を聖女に強《し》いるようなおかしな場所になった？」

「そ、それはですね……」

カズンが注文してくれたラガーをまずはジョッキから一口飲んで喉を潤《うるお》し、一息ついてから司祭は姿勢を正した。なおこの世界には聖職者の飲酒禁止ルールはない。

「それは理由があります。聖女アイシャは七歳の頃に王都にやってきて我々の教会預かりになりましたが、彼女は力がありすぎた」

例えば、王城で食べたお菓子が美味しかったからといって、天に向かって『お菓子よ来い！』と叫ぶとその日のうち、遅くとも翌日までには望みの菓子を持った客人が来る。

必ず、だ。幾度も実験したが例外はなかった。それほど、物事を引き寄せ、叶える力が強かった。

「瀕死の小鳥や犬猫ですら治してしまいますし、芳香現象に治癒現象に物事の賦活《ふかつ》、……活性化作用……側にいるだけでありとあらゆる奇跡を起こす。そんな彼女が『人を許さない』などと言い出したら、どうなると思いますか」

「まあ、普通に息の根止めるわな」

「だから我々は彼女には、すべてを愛し許せと繰り返し教え諭し、本人も納得する方向に導いていきました」

「ふむ……まあ、いいだろう。理由は妥当性がある」

「はい……いえ、しかし我々のその思惑が、まさかあれほど彼女を苦しめていたとは、思いもよらず……」

新聞に掲載された聖女投稿のことだ。

司祭はハンカチで額から滲み出る汗を繰り返し拭いた。

聖女アイシャに関しての問題ならば、今回、一連の彼女に関する出来事への教会の責任は非常に大きい。ビクトリノは司祭にどのような断罪を下すのか。

いろいろ言いたいことはあるんだが、と前置きしてビクトリノがジョッキを卓に置いた。

ごくり、と司祭が固唾を飲んで次の言葉を待つ。この国の教会の責任者として、どのような断罪を下されるのか。

「まあ、よくやった。力ある聖女をここまで虐《しいた》げ、貶《おとし》めることなど、そうできることではない」

「は?」

「これだけ負荷をかけたんだ、アイシャもいい感じに覚醒するんじゃないか?」

「「ええ!?」」

まさかの叱責ではなくお褒めの言葉だった。

「ビクトリノ。アイシャはまだ聖女に覚醒してないのですか？　さすがにそれは僕も信じられません」

「力があることと、魔力使いとして完全覚醒してるかは一致しねえのさ。お前だって環《リンク》は使えるようになったが、魔術師としちゃまだ半人前以下だろうが」

う、とカズンは言葉に詰まった。それを言われると弱い。

ここでカズンは気を取り直して、クーツ元王太子に追放されて今日までのアイシャのことを改めて二人に語った。

即ち、古書店の店主トオンの営む安宿に辿り着いてそこで心と身体を癒やしていた彼女のことを。

「僕が彼女と会ったとき、アイシャは本当に痩《や》せて鶏ガラみたいな有り様でした。何とか必死に口当たりの良いものを食べさせ続けて最近ではかなりマシになってきましたが……」

「報告書によると、『一週間ほとんど不眠不休で魔物の大侵攻《スタンピード》と戦って勝利し、その足で王城に報告のため帰還。休む間もなく広間に引き摺《ず》り出されて王太子から冤罪で断罪、婚約破棄と追放される』とあるな。……このクーツ王太子ってやつは何なんだ？　鬼畜か？　人の皮を被った畜生かよ」

さすがのビクトリノも呆れている。

「『聖女投稿』も全記事見たけどよ。最初ほとんど混乱してるだろ。……限界まで気力も体力も魔力も使い果たした聖女にトドメ刺すってなかなかできることじゃねえぞ」

「ええ。しばらくは不安定な魔力で、建物は揺れるわ本人は穢《けが》れの帯電をコントロールできないわで、大変でした」

カズンは、もしアイシャが万全の状態で断罪と追放を受けていたなら、案外平気な顔で受け流していたのではないかと考えている。

力が枯渇したときに強烈な悪意に晒《さら》されれば、如何《いか》に聖女といえどひとたまりもないわけだ。貴重な実例をひとつ得たといえる。

「オレが心配してたのはな。アイシャがろくでもねえ奴に犯されてやしないかってことだったんだよ。聖女に対する最大の禁忌ってやつ」

焼き鳥の串の先で歯に詰まった焼き鳥の繊維を取りながら言ったビクトリノに、司祭が慌てた。

「お待ちください、ビクトリノ様。それでは我が国の初代聖女と結ばれた建国の祖は禁忌を犯したということなのですか？」

「この国の初代聖女と国王ってどんなんだったっけ？」

すかさずカズンが補足する。

「初代聖女エイリーは初代国王の請願を受けて王妃となっています。ただし、後に捨てられたようですが」

「ああ、それなら問題ない。自分から男を受け入れたってことだから」

「はあ」

問題ないのか……？　と思わずカズンは隣の司祭と顔を見合わせてしまった。

「古の時代に、聖女の力を私利私欲に使おうとして、聖女を強姦した屑野郎がいた。王位を簒奪するのに利用しようとしたんだが、結果的に国が三つ潰れたそうだぞ」

「……『アドローンの聖女の悲劇』ですね」

このカーナ王国を含む大陸の西部から北部にかけての地域で起こった大災害だ。一般的な知識ではないが、教会の司祭ならば必ず習う歴史上の事実だった。

「聖女アイシャの周囲がおかしいというのは、この数年で色んなとこから情報が入ってたんだ。婚約者の王太子と仲が悪いというのはオレも知ってた。本人から聞いてたしな」

「……はい」

その辺りは本人が書いた『聖女投稿』でも語られている。

「だけど、聖女アイシャが周囲から虐《しいた》げられているとの手紙がオレのとこまで回ってきたとき、オレはこれは誰かが聖女アイシャを利用するためにわざとやってるんじゃないかと思ったんだよ」

「…………」

彼が聖者の勘でそう感じたというなら、それは無視できるものではない。

「で、聖女にとって最悪のケースはアイシャが意に沿わぬ形で犯されることだ。だからすぐ、手の空いていたお前にカーナ王国へ向かえと頼んだんだ」

要らぬ心配だったようで、実際には王太子や取り巻きたちはただの愚者に過ぎなかった。

「お前は一国の王族だし、最悪の場合は実家の権力でも何でも使ってアイシャを保護できたろ？」

「まあ、そこまでの事態にならず幸いでした」

それに、カズンの故郷、アケロニア王国にも実は聖者がひとりだけいる。円環大陸に十人いるかのひとりで、これまた言葉にならないくらいの実力者が。

魔法剣士の一族の者で、本人は聖剣の使い手だ。事情があって本人が周囲に聖者であることを隠しているのと、国の外に出ることを厭《いと》う人物という問題があった。

そして実は、あの美味な鮭を送ってきた幼馴染みの叔父だ。カズンも子供の頃から世話になった人物なので、いざとなったら泣き落としでも何でもしてカーナ王国に来てくれるよう頼み込もうと思っている。

「ところで、司祭殿。僕が気になっていたのは、なぜアイシャを〝聖女らしく〟外見を整えてやらなかったかなのですが」

「ああ、それは……簡単なことですよ」

少し疲れたような笑みを浮かべて、司祭は種明かしをした。

「あれだけ力のある方ですから、身を飾れば神々《こうごう》し過ぎて人離れした印象を与えてしまう。あなたも、彼女が錫杖と盾、宝冠を身につけた姿を見ればわかります」


それから三人で飲食をしながら、アイシャに関する確認と情報交換をした。

特に司祭はカズンに聖女投稿の詳細を確認し、今後どのような原稿が投稿されるかの確認もきっちり行った。

今のところ最後の投稿内容が教会の世話役の男に関する出来事だと知って、司祭もビクトリノも何とも言えない顔になっていた。二人ともよく知る人物だったからだ。

「あの世話役の彼が？　信じられません」

「だがもう新聞社に投稿済みなんだろ？　王都の民たちに知られたらあいつ終わりだな……」

「そんな。あれだけ教会に貢献した方が、まさかそんな……」

その世話役に関する内容をトオンが投稿したのは今日の昼間。王都内なら夕方までに投函された手紙は当日中に配達されるから、早ければ明日の朝刊に掲載される。

聖女アイシャのことも含め、由々しき事態だと慌てて、酒の入った身体で司祭は帰っていったのだった。


「お前はどう見る？　今の話」

「教会の世話役氏の話ですか？　そうですね……」

アイシャは理解者であるビクトリノと会う機会を奪った教会の世話役を、自分を追放したあのクーツ元王太子より恨んでいた。

「僕の故郷の聖者にも似たような現象が起こっていました。好意的な者はとことん好意的。嫌う者はとことん彼を嫌っていた」

「無欠のルシウスか。そんで奴を好きな者には良いことが、嫌いな者には不幸が訪れたんだろ？」

「その通りです。ちなみに僕や友人たちは皆、彼のことが大好きでしたよ」

「へえ。どんな『良いこと』が起こったんだ？」

「たくさん美味しいものを食べさせてくれました！」

何だそりゃ、とビクトリノはずるっと卓の上についていた頬杖が崩れそうになった。

しかし、カズンは端正な顔を子供のように紅潮させて、蕩《とろ》けた顔で笑っている。その食べさせてもらった食事のことを思い出しているらしい。

「彼が作るものは何でもすごく美味しいんです。ましてや彼の家は鮭の名産地。スモークサーモンは夢に見るような美味、サーモンパイは幸福の味。そしてあの焼いた鮭と魚卵の丼の美しさと豪快な美味さ。最高オブ最高でした……」

「あいつがお前の調理スキルのお師匠なんだろ？」

「ええ。聖者だったと知ったのはだいぶ後のことでしたけどね。でも、彼に好意的だと良いことしか起こらないのに、何で嫌ったり本人の逆鱗に触れることをやらかす者が出るのか、昔から不思議に思ってたんですよ」

ちなみにこの現象は、同じ聖者でもビクトリノには起こっていない。タイプが違うのだ。彼の場合はむしろ社会的な人付き合いは元から良好である。

「アイシャの聖女としての能力は、浄化、祝福としての芳香現象。そして賦活《ふかつ》現象でしたか。この活性化がネガティブ方面に作用する者たちがいるわけですね」

聖女や聖者には共通する能力と、本人だけの個性的能力とがある。

聖者としてのビクトリノにも浄化能力、芳香現象を発生させる能力がある。現に今、ふたりが座るこの卓の周辺は彼特有の森林浴に似た樹木の香りに包まれている。店の厨房から漂ってくる鳥の焼ける匂いより強い。

「良いものはより強く、悪いものはより悪く、か。つまりあの世話役もアイシャへの悪意を活性化されたってことだよなあ。人格者で知られてたし、俺もそう思ってたんだが」

ちなみに賦活《ふかつ》とは、活力を与えるという意味だ。聖女アイシャは人々に生きる力を与え、更にその力を活性化させる能力の持ち主である。

「最初は、ちょっとした『気に入らない』程度だったかもしれませんけどね。そこで自分の中の悪意に気づけていたら、改善して好転していたでしょうに」

ふと、そこでビクトリノはその光る銀色の目で、カズンの真っ黒な瞳を見つめてきた。

「ビクトリノ？」

「なあ。『聖女なら悪意すら改善させて当然』とか思うか？」

つまり、力のある聖女ならそもそも増幅してしまう悪意の根をなぜ摘《つ》まないのか、という疑問だ。

「？　思いませんけど？　だって人間には悪意を持つ自由だってあるでしょう。もちろん善意を持つ自由もね。まあ僕個人としては善意ある人間でいたいですけどね。そのほうが世渡りしやすい」

「よし。良い答えだ」

卓の向こう側から腕を伸ばして、カズンの黒髪をわしわしと軽く掴んで、頭をぽんぽん軽く叩いてやった。

「まあ飲め。それとも食うか？」

「あ、ここの焼き鳥、焼きたて食いたいです。もちろんビクトリノの奢りですよね？」

「お、おう。いくらでもどうぞ」

食い気味に確認されて、ビクトリノは押され気味だった。カズンは食い物が絡むと圧が強い。

「やはりいまいち納得がいかないのは、国も教会もアイシャを聖女らしく整えてやらなかったことですよ、ビクトリノ。さっきの司祭も言ってましたが、なぜ聖女を神々しくさせていけないのです？」

「アイシャはなあ……言われてみりゃ地味だよな。よく見ると可愛い顔してんだけど」

聖女や聖者のイメージカラーは、穢れなき清らかさを表す白色が伝統的に使われている。これは教会や神殿の聖職者たちも同じだ。

聖者ビクトリノは教会本部の大司祭でもあるから、正装は専用の白色の礼装に金色の装飾の付いたローブを羽織る。

「故郷の聖者は貴族だったので、家の礼装姿が基本でした。まあ軍服なんですが。……やっぱり不自然ですよ。このカーナ王国で聖女のアイシャは象徴的人物なのに。地味なままにさせておくなんて、おかしい」

「おかしいって言ったってなあ。本人が興味ねえんだろ、そういう身を飾るようなこと」

ビクトリノだって大司祭という社会的立場がなかったら、収入の範囲内で手に入る衣服を適当に着ているだけだったろう。

「何かほら、象徴でも持たせてやるか。聖女っぽいやつ」

「ああ、ステータスシンボルですね」

例えば聖者ビクトリノなら、棒術の達人として知られていることから、葉の付いた木の棒が本人を表すシンボルになる。

それにしても、とビクトリノが皿に残っていた鳥を齧《かじ》る。

「聖女を虐《しいた》げ、崇敬の念も向けぬ人々。その持ち物を奪う王子や貴族たち。見下す連中。数々の呪詛。……もうさ、この国は聖女がいらないってことじゃないのか？」

「！」

何気なくビクトリノが言った直後、注文していた鳥の塩焼きがやってきた。そして待望の焼きたての焼き鳥はといえば。

「うーん……焼きがいまいち」

「お前、あれどうしたよ、醬油とかいう調味料。前食わせてくれたちょっと甘いタレの焼き鳥はうまかったな！」

串刺しの鳥を咀嚼するも、焼き過ぎていてあまりカズンの好みの焼き加減ではなかった。かたい。ハーブとニンニクを使った味付けはなかなかいける。

「ありますよ。宿の厨房に置いてあります。アイシャも待ってますし、そっちで食い直しますか」

「いいねえ。酒は？」

「ワインなら。赤もありますよ」

「よーし、ワインで醬油味の焼き鳥。乙じゃねえ？」

と機嫌の良いビクトリノを連れて、カズンは馬車で南地区外れのトオンの赤レンガの建物まで戻った。

既に時刻は夜の八時を過ぎている。トオンもアイシャも建物の中にいるようだ。

「アイシャ。連れてきたぞ」

「！」

一階の食堂でトオンとおしゃべりしていたらしいアイシャは、ひょっこり裏口から顔を出したカズンとその後ろにいたビクトリノを見て椅子から飛び上がった。

「ビクトリノ様！」

「はいよ、アイシャ。久し振り」

文字通り突進してきたアイシャの小柄な身体を受け止めて、ビクトリノは涙を流す少女の背を優しく叩いて宥《なだ》めてやるのだった。


それからアイシャは再会したビクトリノと一時間ほど、二階の部屋で話し込んでいた。

その間にカズンは裏庭で七輪に炭を入れて、焼鳥を焼いた。

その後は再会で泣いて目元を赤くしながら降りてきたアイシャとビクトリノも交えて、焼き鳥パーティーだ。聖者のビクトリノはトオンを「アイシャの彼氏」と散々からかいながら醤油ダレの香ばしい焼き鳥とワインをたらふく腹に詰め込んで、満足して上機嫌で宿代わりの王都の教会支部へ帰っていった。

それから何となく三人、すぐ部屋に戻る気にもなれなくて、食堂でカズンが入れたホーリーバジルのハーブティーを飲みながら他愛のない会話をしていた。

そこでアイシャはおもむろに切り出した。

「ねえ。トオン」

「な、何だい、アイシャ」

それまでと声音を変えて呼びかけられて、トオンはビクッと身体を小さく震わせた。

アイシャは自分の胸元の四つ葉のブローチに触れた。

「あなたが、取ってきてくれないかしら。この聖女の証のブローチと対になった、契約の魔導具を」

「お、俺が!?」

「ええ。王族の血を引くあなただから、頼みたい。……引き受けてくれる？」

ひゅっ、と小さくトオンの喉が鳴った。

自分が王族の血を引く者だと既にアイシャはわかっている。

もちろんトオンは彼女の元婚約者の元王太子、ひいては国王とよく似ているから、彼らの近いところにいたアイシャならすぐその意味を理解したことだろう。

同じ色の金髪。長い前髪で目元を隠しがちだが、顔立ちの美しさには間違えようのない特徴の共通点が多かった。

今の今まで口にしなかったのは、理由を察した彼女の慈悲だ。

そう。トオンは、聖女アイシャを虐《しいた》げた元王太子たちのとても近い血族だった。血の繋がりがもたらす責任からは逃れられない。

「……俺、が。俺が行くことに、どんな意味があるのか、聞いてもいい？」

「それは、私があなたに聞きたいな。私がこの国との契約を終わらせたら、もう本当に国の聖女じゃなくなるのよ。ただのアイシャになっても、一緒にごはん食べてくれる？」

「！」

あ、先に言われてやがる、とカズンが小さく呟くのが聞こえた。まったくだ、こういうのは男のほうから言いたいものなのに。

「俺が。……俺に、君を苦しめたのと同じ王族の血が流れてても、君は俺とこれからもごはん食べる仲になってくれるってこと？」

まどろっこしい！　早く言ってしまえ！　と後ろからカズンがこれまた小さな声で突っ込みを入れてくる。

ええい、うるさい、と手で払う仕草をして、改めてアイシャに向き直った。

そしてその小さな両手を、自分の手で包み込み、中腰になって茶色の澄んだ瞳を覗き込んだ。

「俺も男だ。勇気を出してみるよ」

そのとき、トオンとアイシャ、二人の間に魔力が柔らかな軌跡を描いて循環するのをカズンは見た。

それはまるで、アイシャの胸元を飾るクローバーのように〝8〟と〝∞〟が交差して流れていく。

（おや、これは）

以前も見たが、やはり、このふたりの相性は良いようだ。

信頼関係を築いた人間関係に特有の魔力の流れだった。

「無事に帰ってくるって約束してくれる？　私、ここで待ってるから」

甘やかな雰囲気が続くかと思われた。

しかしトオンは飛び上がって、そんなアイシャのお願いを全力で拒否した。

「ま、待って、それは駄目だ、なんか絶対帰って来れないお約束展開っぽい！」

「……約束。して、くれないの？」

悲しげに茶色の澄んだ瞳を曇らせたアイシャに怯《ひる》んだトオンだが、しかしここは流されまいとぐっと下腹に力を入れた。

「アイシャ、冒険譚って読んだことないの？　そういうこと言われて旅立ったヒーローは大抵失敗したり帰って来れなかったりするんだよ！」

それを俗に〝フラグ〟という。古書店の店主で、子供の頃から沢山の本を読んできたトオンの叫びには実感がこもっている。

「だいたい、これまで散々、聖女とこの国の契約とか何とか見聞きしてきてるのに、迂闊《うかつ》な約束なんかできないよ。何が起こるかわからないじゃないか、怖い！」

「……そう」

（そりゃ、うっかり代償の発生するような約束を交わそうものなら目も当てられんものな）

うんうんとカズンが頷いている。

「そういう誓いってのは自分とするものだと俺は思うよ。必ずアイシャの元に帰ってくる。この胸に誓う、みたいな。……はは、ちょっと臭いかな？」

わざとらしいかなと苦笑したトオンに、だがアイシャは呆然として目を見開いていた。

「アイシャ？」

「誓いは……自分と、する……？」

それからほんの十数秒ほどだが、アイシャは動きを止めて固まっていた。

ややあって身じろぎしたかと思えば、ハッと我に返って下を見た。

「何か出たわ。これ環《リンク》じゃない？」

ブフォッとカズンが飲んでいたお茶を吹き出した。

「え……えええ!?　どこにそんな無我になるきっかけがあったと!?」

「今、トオンに言われて頭パーンッって真っ白になったの。そしたら出たのよ」

「えええ……」

つまり、瞬間的に己の『トオンからの確かな約束が欲しい』という強い執着から離れて無我になったということだ。

カズンは己に環《リンク》が完全に発動した頃のことを思い出す。散々過酷な目に遭って初めて安定して環《リンク》が出せるようになった自分とアイシャの差は何だろう。やはり元々の力の強さだろうか。すごく悔しい。

「ふふ。これが環《リンク》かあ。すごいわ、頭も身体もかるーい！」

身体を前後に動かしたり捩ったりして、楽しげに環《リンク》の具合を確かめている。

アイシャの環《リンク》は、腰の辺りに出現している。ネオングリーンの魔力をまとった、強い白色に光るリングだ。

「今は目覚めたてだから、特に爽快だろう。魔力も溢れんばかりに満ちている。さあこの無敵モードはいつまでも続かないぞ。無駄にしないことだ、どうする？」

カズンが問いかけてくる。

「うん。ならトオンだけに任せるのはやめて、私も行くわ」

「行く？　王城へ」

「ええ。全員で行って諸々蹴りをつけてきましょう」

あれ、全員って？　とアイシャの言葉にカズンが自分を指差した。

「僕も一緒に行くのか？」

「来てよ、カズン。ここまで来たんだから、最後まで付き合って欲しいわ」

そう頼まれてしまっては仕方がない。カズンは楽しげに頷いた。

「いつから行く？　明日？」

「このまま行きましょう。寝て起きたら魔力も落ち着いてしまいそう」

そう言って、アイシャは指先で自分の光る環《リンク》の表面を軽く撫でた。

「その前に。お前たち、まだ腹に入るか？　僕は夜食を食べようと思ってたのだが」

とカズンが皿に乗った、茶色い手のひらサイズの三角形の料理を出してきた。

「「食べるとも」」

と声を揃えてきたので、カズンは満足そうに頷いて、ひとつずつ取るようにと言った。

「わあ、ご飯の中に鮭……」

「この茶色いの、さっきの焼き鳥のタレと似てるね」

「あ、おいしい！」

「まわりの焦げたとこ美味いな⁉」

炊いた米を三角形に握り、醤油を焼きながら炭火でこんがり焼いたものとのこと。

齧ると、ほわっと口の中に広がる醤油の風味と香ばしさ、かすかな米の甘味。そして塩鮭の旨味と口当たりの良さも含め、絶妙な料理だった。食べやすいところも良い。

「これは僕の魂の故郷の料理なんだ。おにぎりっていう。焼いてあるから焼きおにぎりだな」

とドヤ顔するカズンに、トオンがはてと不思議そうな顔になった。

カズンはトオンたちと、ここ食堂で座ってハーブティーを一緒に飲んでいた。一度も席を立っていない。

それなのに食卓の上に出てきた料理とは？

「あれ？　今この焼きおにぎり、どこから出したの？」

「環《リンク》からだが？」

「……環《リンク》のどこにそんなスペースがあるのさ？」

言われてみればカズンは自分の胸元にうっすら光量控えめで環《リンク》を出している。見たところ、薄い帯状の光のリングがあるだけで、とても料理の皿が入っていたようには見えない。

「これが環《リンク》使いの特典なんだ。魔法使いの絵本でよく出てくる〝魔法の袋〟みたいなものが環《リンク》のオプションに付く」

おおー!?　とトオンとアイシャが感嘆の声をあげる。そうだった、彼は料理が得意なお兄さんというだけでなく、円環大陸で一番有名といっても過言じゃない魔術師フリーダヤの弟子なのだった。

「僕はマジックボックスと呼んでいるんだが」

「え、これできたて熱々だけど、そういう機能まであるの？」

「そう、状態保存の機能がある。作り立てを入れておけばいつでも熱々のできたて」

「「なにそれほしい！」」

「なら、まずは環《リンク》を発現できるようにして、安定して出せるようになるといい。まあこのアイテムボックス機能が欲しいという気持ちが執着にならぬよう気をつけることだ」

焼きおにぎりは一人一個ずつ。

「……故郷にいるときは、これをよく食べたんだ。いろいろバリエーションがあるから飽きなくて良かったなあ」

と懐かしいものを見るような顔をして、カズンが微笑んでいる。

「勝負飯も食した。では、出発の準備をしよう」

カズンがトオンとアイシャ、ふたりの口の中に彼の故郷の魔術薬、口内洗浄剤のスペアミント味のタブレットを放り込んでくる。

これは歯磨きやうがいの代わりに口の中を浄化してくれる、とても便利なものだ。こういうときには時短になって良い。

「あ、待って。外は寒いから腹巻きしてくるわ」

「俺も」

「僕は元から着てる。ちゃんと上着も着てくるのだぞ」

トオンの母マルタが編んでくれた毛糸の腹巻きは、良い毛糸を使ってくれているようでとても暖かいのだ。

数分後、再び食堂に集まった。夜は表の入口である古書店側のドアは閉店して施錠している。外に出るための裏口は食堂の窓の横だ。

「あら。トオン、夜の暗い外に出るのに、その前髪じゃ前が見にくくないかしら?」

「そ、そう?」

現国王の庶子であるトオンは、国王や異母弟のクーツ王子と顔が似ている。

美しい顔立ちではあったが、本人にとっては母親マルタを苦しめた男の顔だ。自慢に思えるはずもなかった。

そのこともあり、また他人に見咎《とが》められぬよう、子供の頃から前髪を長く伸ばして、蛍石の薄緑の瞳の目元を隠す癖がついていた。

「これで留めておきなさいよ。ほら、ちょっと屈んで！」

小柄なアイシャでは背の高めなトオンの髪に手が届かない。

言われるまま中腰になったトオンの前髪を軽く掴んで、アイシャは持っていた髪留めで留めてやった。具体的には、長い前髪は額の上ですべてまとめてパチンと留められた。

その髪留めは、あの魔女ベルセルカからトオンが買い取った、透明な魔法樹脂の中にオリハルコンの金箔入りの、カーナ王国の聖女たちが代々受け継いできた魔導具だ。

「えっ、これ俺が付けてていいやつなの？」

「お守り代わりにはなると思うの」

「あと、これじゃ子供みたいな留め方じゃないか」

「ふふ。かーわいい」

クーツ殿下と違って、とアイシャが小さく呟いている。

「ほう。なかなかいい男じゃないか。お前は額を出していたほうがモテると思うぞ？」

「別にモテなくたっていいんだよ！　俺にはもうアイシャがいるんだからね！」

「あら」

出来たてほやほやカップルに付き合っていると、夜が明けてしまう。

「忘れ物はないな？　では、行くぞ！」

＊　＊　＊

「待て待て待て、何だこれは⁉　飛ぶ？　空を？　いくら何でも規格外過ぎるだろ聖女アイシャあああああ⁉」

王都の空にカズンの悲鳴が響き渡る。

「あ、カズンでもやっぱそう思うんだ？　いやー驚くよねこれ！　慣れると結構楽しいんだよ？」

「慣れてたまるか！　……いやちょっと待って、ほんとお願いしますから降ろしてほしいいいいいっ！」

アイシャを中心に左右をトオンとカズンが手を繋いで、裏庭に出たと思ったら即、夜間飛行だった。

文字通り飛んだアイシャに、珍しくパニックになってカズンは暴れた。

しかしその手を掴むアイシャの小さな手が外れることはなかった。逃がさない。

「このまま一気に王城まで行くわよ！」

「了解！」

「待ってくれえええええ！」

後に彼は故郷の家族や親友たちに語ったそうだ。

せめて事前に覚悟を決める時間が欲しかった、と。

「ああ……お父様、お母様。僕はまだ生きてます。生きてるみたいです。……うぐ」

「か、カズン、大丈夫か？　吐く？　吐く？」

「た、玉がヒュンってなった……」

「わかる。わかりみが深すぎてつらい」

二回目なのにトオンもちょっとそうなった。だが一度は経験済みだったので、最初に比べれば早めに立ち直れた。

「もう。だって仕方ないじゃない。歩くと一時間以上かかるけど、飛べばたったの五分で済んだでしょ」

「うう……と、トオン、口内清浄剤を持ってたら分けてくれ」

「ある！　あるよ、ほら口開けて！」

口内清浄剤はカズンの故郷アケロニア王国で開発された、お口スッキリ効果のある小さなタブレットだ。強いミントフレーバーを持つため、気付け薬代わりにもなる。カズン宛に故郷から送られてきた荷物の中に入っていた魔法薬で、トオンたちも一缶ずつ分けてもらっていた。

トオンは小さな細長の缶からタブレットを一錠出して、震えるカズンの口に入れてやった。


それから何とか気をとり直して、三人は王城の室内に忍び込んだ。

アイシャは部屋を出て、迷いなく男ふたりを先導しながら王城内を歩く。

「何なんだここ……全然人気がない」

「聖女のアイシャもいない、王妃だった魔女ベルセルカもいないで、浄化を行う者がいないからだろうな」

まずは元婚約者の部屋だ。


「何だ？　誰も入るなと言って……アイシャ⁉　なぜ貴様が！」

クーツ王子の私室の扉の前には誰もいなかった。廃太子の憂き目にあったとはいえ王子の部屋に衛兵のひとりもいないのは不自然だ。

だがその理由は王子の部屋に入ってすぐにわかった。

猛烈な何かが腐敗したような汚臭が室内に漂っている。汚臭の発生源は寝室のほうだ。

「お久し振りですね、クーツ王太子殿下。今はクーツ王子殿下だそうですけど」

（む。アイシャの環《リンク》が消える……）

目敏《ざと》くカズンが、アイシャの腰の辺りに浮かんでいた環《リンク》の光が消えるのを見た。

隣のトオンを見ると、彼もその意味を悟ったようでひどく心配げな表情でアイシャを見守っている。

（やはりまだ許せないか。恨んでいるか、アイシャ。だが許さなくたっていいんだ。ただ環《リンク》を使うときだけその強い執着から離れられれば……）

「だから何だ！　私を嘲笑《あざわら》いに来ただけなら帰れ！」

寝台横の椅子から勢いよく立ち上がったクーツ王子は傲慢さはそのままだったが、憔悴しきっていて言葉の鋭さほどの覇気はなかった。

（これがクーツ王子か。俺の母親違いの弟。……そんなに似てるか？）

金髪の色は同じ。目の色は紫で、緑色系統のトオンとは違う。

肌の色、目の形、鼻の形、口元などパーツはよく似ている。それにとても美しい男だ。それこそ絵本に出てくる〝王子様〟のよう。

だが顔の表情がまったく違う。トオンはこの男のように嫌悪感と攻撃的な態度を他者に向けたことはない。

既にアイシャたちは、彼の恋人のクシマ公爵令嬢ドロテアが契約の台座によって新たな聖女となったことを、魔女ベルセルカに教えられて知っている。

「……そちらの寝台の方はドロテア様ですか？」

「……来るな！　お前の力などいらない！　いったい何をしにきた？　あんな新聞に好き勝手書いて、私や王家の権威を失墜させてさぞや満足しただろうな!?　だがな、私は謝らない。決して謝ったりなどしないからな！」

「そうですか」

アイシャは興味なさそうにスルーして、寝台に眠るドロテアの近くに寄り、その顔を覗き込んだ。

艶《つや》のあった輝くような巻き毛がほとんど抜け、目元はどす黒いクマができて頬も痩《こ》けている。顔色は既に土気色を通り越して、これもまたどす黒い。もうほとんど虫の息だ。

魔女ベルセルカが言っていたように、これでは助からない。既に彼女の命運は尽きかけていた。

ドロテアの胸元には、アイシャが自室で使っていたヒイラギの葉入りの、魔法樹脂製の透明なペーパーウェイトが置かれている。

そのペーパーウェイトはほんのりと淡く光っている。そこから自分のものでない魔力を感じて、アイシャは小さく笑った。

(王妃様。やはり優しい方ね)

本人は以前から、自分を悪い魔女などと言うことがあった。

でも、悪人だったらこの魔導具のペーパーウェイトに込められていた聖なる魔力を、わざわざ活性化させて光らせなどしなかっただろう。

さあ、お目当ての物はどこだ。

それはすぐに見つかった。寝台の横のサイドボードの上に置かれている。

だがアイシャの視線の先にあった四角い石の魔導具は、彼女が手に取る前にクーツ王子が素早く奪い取ってしまった。

「殿下。私たちはその契約の魔導具を取りに来たのです。素直に引き渡してはいただけませんか?」

「何だ? この台座を持ち出して何をするつもりだ? だが渡さない。私は何もお前の思い通りになんてしてやらない!」

契約の台座の魔導具を胸に抱えるクーツ王子。無理やり引き剥《は》がせば奪うことは可能だったろう。ここにはトオンとカズン、ふたりの男もいる。頭数と単純な力比べなら可能だったはずだ。

「……行きましょう」

だがアイシャは小さく首を振って、後ろに控えていたトオンとカズンを促し、そのままクーツ王子の私室を出て行った。


アイシャたちが去っていく。

寝室にはまたクーツとドロテアのふたりだけが残された。

ドロテアはもはや吐血するだけの体力もない。昏倒してから彼女は一度も目を開けていない。自慢の美しい黄金の巻き毛も抜け落ち、青い宝石のような瞳を見ることもできない。

「…………」

クーツは契約の魔導具の台座を再度手に取った。

ドロテアが血を吐いて倒れたのは、この国の邪悪な魔力や穢れが彼女に流れ込んだためだという。

それはドロテアが正しく聖女となった証だと。

ふと気付く。ならば自分が更に追加で新しい〝聖者〟となれば、ドロテアの負担している穢《けが》れを分担できるのではないか。少しでも彼女の苦しみを軽減できるのではないか。

ここに彼の父王や、去っていった元王妃、あるいは聖女アイシャがいたならその考えの誤りに気づいて、クーツを止めただろう。

だが、死を間近にした愛しのドロテアを前に、もはやクーツの精神は限界だった。

クーツはドロテアの白く嫋《たお》やかな手に己の手を重ねた。

「覚悟はある。私が聖者となる。我が最愛を苦しめる穢《けが》れを分かち合おうぞ！」

ふとアイシャの脳裏で何かが鈍い音をたてて壊れる音がした。

「……あら？」

アイシャは顔を上げた。それまでずっと、心と身体に重くのしかかっていた感覚が消えた。手足に暖かく、充実した感覚が出る。

「ドロテア様の次の新しい聖女が生まれたみたい。ああ、いいえ……そっか、そういうことか」

あの考えなしのクーツ王子がまたやらかしたのだ。

「クーツ殿下が聖者になったみたい。私の後に聖女と聖者、新しくふたりが生まれたわ。順番の古い私が国との契約から外れた……のかな？」

「「え!?」」

一瞬、トオンもカズンも、アイシャが何を言っているのかわからなかった。

だが顔を見合わせて、年上で経験がある分、頭の回転の早かったカズンがまず先に状況を理解した。

「待て。今さっきまではアイシャとドロテア嬢が聖女ふたりで穢《けが》れを担当していたのだろう？」

「あ！　な、なら、アイシャが外れてドロテアとクーツふたりになったら、どうなるんだ……？」

「…………」

アイシャは無言だった。次の瞬間、王城内の場の空気が重く密度を増した。

「先に国王陛下のところへ行くつもりだったけど。その前に、彼らのところへ一度戻りましょう」

そして再び訪れたクーツ王子の私室。

寝室では寝台に横たわるドロテアと、彼女に横から覆い被さるようにしてクーツ王子がこと切れていた。

床には契約の魔導具の台座が落ちている。アイシャは躊躇いなく台座を手に取った。

だが何も起こらない。よく見ると、台座には大きなヒビが入っている。クーツ王子が落として割ったものと思われる。これではもはや魔導具として機能しない。完全に壊れている。

「待って……待ってよ、聖女と聖者になったこのふたりが死んだってことは、今この国と契約してる聖女聖者がいないってことだろ？　それってどうなの⁉」

「穢《けが》れが放置状態だわ。……次に行くべき場所が決まったわね。やはり国王陛下のところよ」

慣れた足取りで歩きながらアイシャが説明する。

代々の聖女たちの記憶と魔力が込められてきた四つ葉のブローチ型の魔導具、〝聖女の証〟から教えられたことがある。

「この国の邪悪な魔力や穢《けが》れはね、国と契約した聖女や聖者がまず器として受け止めるの。だけど器側の容量が足りないときの、受け止め役の順列があるようなの」

契約の魔導具で国の聖女となったものが、まず第一。

以降は聖女となった者の血族や、王族の血を持つ者のうち、力の強い者から順に負担していくことになる。

「現王家の場合、まずクーツ殿下の妹のコーネリア王女殿下だわ。次に国王陛下。その次が国王陛下の弟。ただし彼は他国に婿入りしてこの国にいないから除外。次にクーツ殿下の弟のレイ王子殿下。……そしてトオン、あなたよ」

「じ、順番は最後かあ。よかった！」

「さあ、それはどうかしら」

もうトオンに穢《けが》れが流れ込むまで、間には国王と幼い王子のふたりしかいない。


アイシャたち三人は国王の執務室へとやって来た。

扉をくぐり、続きの間から執務室へ。既に侍従から先触れが行っていたようで、国王アルターはアイシャたちを出迎えた。

国王の顔色は既に青ざめたものを通り過ぎて、どす黒くなっている。そして息を荒げて胸元を掴み、肩で息をして喘《あえ》いでいる。

傍らには宰相と医師がいたが、彼らを押し退《の》けてアイシャの前に両膝をついて彼女に縋《すが》りついた。

「聖女アイシャ！　愚息クーツの暴挙は心から謝罪する！　だから再びこの国の穢《けが》れを処理してほしい！」

「処理って。それ、ただアイシャに流し込むだけだろ？」

普段は穏やかな気質のトオンも、さすがに呆れてしまった。

その指摘に、国王がアイシャの隣にいたトオンに初めて気づいたというように膝をついたまま見上げてきた。

「お前はクーツ……いや目の色が違う、まさかあの老婆の息子か!?」

「老婆って。あんた、うちのお袋の名前も覚えてないのかよ」

トオンはもう面倒なので名前も名乗らなかった。その初代国王と同じ名を。

国王はまじまじとトオンを見た後で、幾度も交互にアイシャと彼を見つめた。

「なぜ、お前と聖女アイシャが共にいる？」

「あら、国王陛下。私はもうクーツ王太子殿下には婚約破棄された身ですよ。誰と一緒にいても構わないでしょう？」

ここで、既に自分たちが恋人となったことを話す必要はない。

（あれ？　俺たち恋人同士になった……んだよな？）

（おい、そういう話は後だ！　場を弁《わきま》えろ！　だが、確かに決定的な言葉はなかったな。『これからも一緒にごはん食べてね、食べようね』だけだった）

（くっそ、やっちまったぜ！）

（……お前にも謹《つつし》んでチキン野郎の称号をくれてやるわ、情けない！）

アイシャと国王が何やら真剣な話をしている端で、こっそり、ひそひそ話をしていたトオンとカズンだったが。国王に指を指されておしゃべりはそこまでだった。

「その男が聖女の髪留めを付けているということは……ふ、ふたりの関係を認める！　何なら王の座をそこの老婆との間にできた息子に渡しても良い！　だから聖女アイシャ、頼む！」

「いや、だから何であんたに認めてもらう必要があるんだよ」

この後、家に帰ったら速攻でアイシャに告白し直して『恋人になろうね』『そうしましょう』と確実な言質を取る気満々だったトオンは、やる気に水をさされて気分を害した。

「……陛下。あなたの言葉は信用できない。最初の契約すら守れないあなたの言葉には、力がない」

魔力使いの世界では、約束や契約、誓約などの類を破る者は力無き者として蔑《さげす》まれる。

「あなたには退位を勧めます」

アイシャは国王アルターに退位を勧告した。そして代々の聖女と、彼女たちに関わった祖先の王族たち、また傷つけて命を奪ってきた者たちを偲《しの》び続けなさい、と。

しかし国王は無理だ、と吐き捨てた。

「退位してどうなる？　跡継ぎのクーツはあの体たらく。下の王子はまだ幼児だ！　他の王族も血が薄く正統性に欠ける！　私が国王で居続けるしかない！」

「国王陛下。もう時間がありません」

聖女の忠告は、聞き入れれば救いや祝福があることが多い。

だがこれまでアイシャを虐《しいた》げてきた人々は、クーツ元王太子も含めて己の矜持を優先して、無視したり抵抗を見せたりする者が多かった。

このアルター国王は比較的アイシャに丁重な態度を示す人物だったが、この場合はどうなのか。

「駄目だ！　なぜ我ら王族がここまでやってこれたと思う？　ありとあらゆるものを犠牲に踏み潰しながら五百年やっと続けてきた！　このようなところで責務を放り出すわけにはいかぬ！」

「……それで、私の家族も殺したの？」

ハッと国王が目を瞠《みは》る。だがすぐに気を取り直すとアイシャをクーッ王子と同じ紫の瞳で睨んできた。

「どこでそれを知った？　私に恨み言でも言うつもりなのか、聖女アイシャよ。お前の家族は、お前がこの国の聖女となった段階で次の穢《けが》れの担当役だ。いま私がこうして苦しめられてる穢《けが》れは本来お前の家族が受けるものだったのだぞ！　お前に何かあったとき彼らが苦しまぬよう慈悲をかけてやっただけだ！」

「嘘ばっかり。そんな、さも良いことをしたかのように己の罪の正当化などせぬことです。……陛下、聖女はね。嘘をつかないし、つけないから、他者の嘘にも敏感なんですよ」

聖女の血縁は、王族より穢《けが》れを受ける順列が早い場合がある。聖女を輩出するだけあって高い魔力持ちであることが多いためだ。

だが、それなら対応策はいくらでもあったはずだ。聖女から搾取するだけの契約のことも含めて。

この国の王家のことだ、実際は身勝手な理由で殺害したに決まっている。

「退位されませんか。国王陛下」

「しない！」

叫び終わるな否や、国王は胸元を押さえ、血を吐いて倒れた。

「聖女アイシャ」

それまで、どこか悲しげな顔で事態を見守っていた宰相が声をかけてきた。

白い顎髭の老齢の宰相は初代聖女エイリーが下げ渡された先の貴族の子孫だ。ベルトラン侯爵という。建国の祖のエイリーへの処遇に異を唱えた人物の子孫だが、現在まで王族の近くに侍《はべ》ることの多い一族だった。それだけあって、彼もこの国と王家の暗いところを知り尽くしている。

「宰相様。陛下がこうなったということは、コーネリア王女は？」

白い顎髭の宰相は首を横に振った。

「そうですか。レイ王子は？」

まだ幼い、最後の王子の名前だ。

「母御が着の身着のまま馬車に飛び乗って、一番近い国境を目指しているかと」

「そう。間に合うといいのですけど」

この歪な穢《けが》れが及ぶのは、カーナ王国の国内だけ。国外退避すれば被害は免《まぬが》れる。

だが、聖女や聖者がいなければその血族が、そして王族が。王族がいなければ順番に国の権威に近いところから穢《けが》れを担当していくことになる。

そうして最後のひとりになるまで、いや誰もいなくなっても邪悪な魔力と穢《けが》れはこの地に残り続ける。

「ま、待ってくれ……今の王家の王族全員がいなくなったら……っ、次は俺の番じゃないか⁉」

するとトオンの肌にピリピリと刺激が来る。来た。ついに来てしまった。

「！」

トオンを襲う穢《けが》れを、カズンが環《リンク》を使って防御する。

「帯電するっていうからには電気的な魔力のはずなんだ。なら絶縁素材的な質感を魔力で作れば……」

「あああ、そんな蘊蓄《うんちく》はいいから早く何とかしてくれカズンーっ！」

ピリピリする、ピリピリする、とトオンが身を捩《よじ》っている。微妙に皮膚が痛痒《がゆ》い。

それからしばらく、胸元の環《リンク》をあれこれ操作していたカズンだったが、やがて諦めたように嘆息してトオンに向き直った。

「すまない。僕だと魔力が足りないようだ」

「こら！　ちょっと！　お前、伝説の魔術師フリーダヤの弟子じゃなかったのか、ここは格好良く活躍する場面だろ⁉」

「環《リンク》が使えれば無双できる。そう思ってた頃が僕にもありました……」

「お前なんかキャラ変わってない⁉　環《リンク》！　環《リンク》でなんかこうバビューンとドッカンってやって！ほんと頼むから！」

トオンの叫びは天に届いた。

「あいよ。『バビューン』に……『ドッカン』ね、承りましてございい」

「ビクトリノ！」

勢いをつけて執務室に飛び込んできたのは、数時間前に赤レンガの建物で別れたばかりの聖者ビクトリノだ。別れたときのままの裕福な庶民風の服装に、その辺で調達したと思しき自分の背丈ほどの適当な木の棒を手に持っている。

「酔い覚ましに街中歩いてたら、王城のほうで変な魔力の動きがあるじゃん？　こっち来てみて正解だったな」

「ビクトリノ、あなただけか、他の環《リンク》ファミリーは⁉」

「一応この国に来る前にフリーダヤに頼んできたけどよ。あのタイミング悪い野郎が間に合うと思うか？」

「絶望しかない……！」

「まあ落ち着け」

トン、と持っていた棒の端で床を突く。すぐにトオンを中心に絡まっていた穢《けが》れが霧散して、全員を含んだネオングリーンの光の繭が結界のように周囲へ広がる。

途端に、トオンも他の者たちも息がしやすくなった。聖者ビクトリノによる聖なる魔力の浄化だ。

室内が浄化されたのを機に、それまで事態を見ているしかできなかった宰相と医師が我を取り戻して、慌てて倒れた国王に駆け寄り容態を診《み》る。

「おい、無駄なことはやめておけ。下手に延命すると苦しみを長引かせることになる」

「お、お待ちください、聖者ビクトリノ！」

宰相が止める間もなく、ビクトリノが持っていた木の棒の先でトン、と医師が抱えおこしていたアルター国王の眉間を突いた。

見る見るうちに、どす黒かった国王の顔や身体の皮膚が元の色を取り戻していく。

そして医師が手首や首筋の脈、また呼吸や心音などを確かめる。しかしすぐに宰相に向かって首を横に振り否定を示した。

「えっ。ま、まさか国王を殺……っ？」

「……聖者ビクトリノは悪人調伏に特化した聖者なんだ。これで国王の悪業をだいぶ解消させたはず」

「ええっ？　か、解消っていったって、でも殺……っ」

あまりのことにトオンが混乱していると、苦笑してビクトリノ本人がその疑問に答えた。

「仕方ねえだろ、息の根止めねえと悪業の悪循環が止まらん奴だって世の中にはいるんだ。良い子は真似しちゃいかんぞ、これはオレが聖者だからやれるんだからな」

「言われたってやりませんよ！　できるわけがない！」

食ってかかってくるトオンを、どうどうとビクトリノがいなしている。

「けど困ったよなあ。オレ、対人特化型だから、この国みたいな範囲の広い穢《けが》れにゃ対応できんぞ？」

こういう事態には、それこそ高出力で火力の圧倒的な聖剣使いでも欲しいところだった。

「この後はどうするんだ、アイシャ。お前がまた国と契約するのか」

「いいえ、契約のための魔導具が壊れてしまって……」

ビクトリノがカズンと情報交換している間も、トオンの状況を確認していたアイシャが首を傾げている。

「……ねえ。穢《けが》れがトオンにすべて流れ込んでいるにしては、ちょっと量が少ない気がするのよ」

「ん？　……ああ、言われてみれば確かに」

「……待って。そろそろ……」

国王の執務室を出て、歩いて王城内の回廊を曲がったところで、よく見知った人物が現れた。

駆けてきたようで息を乱しているその人物とは。

「あれ、お袋？　何でこんなところに？」

トオンの母の下女マルタだ。白髪混じりの茶色の髪に皺のある顔。澄んだ蛍石の薄緑色の瞳。

下女のえんじ色のワンピースの上に白いエプロンを付けたいつもの格好で、そこにいた。

いつも笑顔を絶やさぬ彼女が、申し訳のなさそうな眉の端を下げた表情でアイシャたちに頭を下げてきた。

「待ってましたよ、マルタさん。……いえ、聖女エイリー様」

＊　＊　＊

それから下女マルタに案内されて、王城内の現在地から一番近いサロンに腰を落ち着けて彼女から話を聞くことになった。

トオンの母親、下女マルタの正体は初代聖女エイリーで間違いない。

まさかの展開に、息子のトオンはもちろん、カズンやビクトリノまで呆気に取られていた。

唯一、アイシャだけがわかっていたようで、驚いた様子を見せていない。

「簡単に説明しますとね……」

と下女マルタが手早く説明をすることには。

まず、カーナ王国の建国の祖、初代国王と結婚して妃になったはずの初代聖女エイリーはこの地の浄化を引き受ける契約を交わした後、無情に捨てられ臣下に下げ渡されていた。

エイリーは下げ渡された先の臣下の家で大切にされ、そこで穏やかな余生を送っていた。

臣下とは形ばかりの婚姻で男女の関係もなく、聖女として国の浄化や魔物と魔獣の討伐、そして人々へ良い人間となることを教え諭す日々が続く。

五十を超えた頃に〝時を壊す〟を実現して、死ぬことがなくなった。そのとき聖女として完全覚醒を果たしている。

現在の容貌はその頃から変わっていない。衣服や髪型を工夫して長い年月を人々の間に紛《まぎ》れながら生きてきた。

今、トオンの母親として、下女マルタは上に四人の息子がいる。ただしすべて他人で、エイリーが産んだのはトオンだけだ。彼らの父親は当時、妻を亡くして四人の子供を抱えて仕事にも行けず途方に暮れていた。そこを聖女であったエイリーが助けたのが最初の縁だ。

彼とその子供たちはエイリーの真実を知った後は事情に理解を示し、家族のふりをしてくれていた。

エイリーは五百年ずっと、愛した男のカーナ王国に残り、国を、王族を、人々を見守り続けてきた。

これまでの歴代聖女たちはそんなエイリーの事情を知り、見て見ぬふりをしてくれていた。アイシャにも頃合いを見計らって話すつもりだったが、その前にクーツ元王太子から追放されてしまったので叶わなかった、というのが現在までの流れだ。

「どうしてそんなに初代国王を愛せたの？　と代々の聖女たちに訊かれたもんです。……だって仕方ないんです。女にとって〝初めての男〟って特別なの。ましてやあたしは聖女となるほど強い魔力持ち」

だが二十年と少し前、今の国王アルターに犯され息子トオンを産んで、考えが変わった。この国が、王たちが次の聖女をどう扱うかで、己の今後を決めようと。

するとかつての全盛期の己を彷彿とするような強大な魔力を持ったアイシャが現れた。

「いや……待って、ほんと待って、理解が追いつかない。え？　お袋がほんとは下女じゃなくて初代聖女エイリーだった？　何それ、何なんだそれ!?」

「おい、落ち着け」

カズンが混乱するトオンの金髪頭を殴った。ぱこん、といい音が鳴った。

ついでに口の中に口内清浄剤のタブレットを突っ込まれる。スペアミントの強烈な刺激が脳天を貫く。それで少しだけ落ち着いた。

「ほ、ほんとに？」

「そうなのよ。あたしの可愛いトオン」

にこ、と慈愛と母性に満ちた笑みを浮かべて、マルタが左の人差し指を自分の胸元に向けて軽く突いた。彼女の全身からネオングリーンの聖なる魔力が放たれる。

次の瞬間、そこにいたのは白髪混じりで色が抜けた茶色の髪の老婆ではなく、豊かな長い黒髪の、トオンと同じ蛍石の薄緑色の瞳持つ大柄な女性だった。

「ほ、ほんとに初代聖女エイリー！」

以前、アイシャの持つ四つ葉のブローチ型の魔導具で見た、過去の記憶の中にあるままの聖女の姿だ。

「〝時を壊す〟を果たした魔力使いは、自在に年齢を操作できると聞いていたが……何と見事な」

カズンが訳知り顔で感嘆して唸っている。

下女マルタのときの下女のお仕着せはエイリーに戻った彼女にはきつかったようだが、それもすぐに魔法で身体に合った装束へと着替えた。

そうすれば、そこには聖女の白いローブ姿の初代聖女エイリーの完成である。

そう、この姿ならカーナ王国の国民であれば誰もが知っている。教会にある、建国の祖トオン初代国王の隣に佇む聖女の絵姿と寸分違わない。

「こら、聖女エイリー。お前は肝心なことを話していない」

話の腰を折るようで悪いが、とソファに座り持っていた木の棒を肩に担いでいたビクトリノがエイリーを見た。

「このアイシャの男が、お前と今の国王との間の息子だってのは理解した。だが今の話を聞いた限りじゃ強姦でできた子供じゃないか。それで何で、国王とこの国は直後に破滅していない？」

あ、とカズンは小さく声をあげた。そうだ、居酒屋で彼が言っていたではないか。『聖女を犯すのが最大の禁忌』だと。

案の定、アイシャとトオンも怪訝そうな顔をしている。

そこで手短かにふたりに説明すると、アイシャは自分も無関係ではいられない事実を知って両手で顔を覆ってしまった。本人の環《リンク》も感情の揺れのせいか光りが弱まっている。

トオンも複雑そうな顔になったが、ショックを受けているというより、考え込むような素振りを見せた。

「そうですね。国王アルターに強引にことを運ばれたとき、あたしは既に純潔ではなかった。それがひとつ。あとは……」

「あのクソ国王が俺を認知したからだ。それで許しちまったんだ。だろ？　お袋」

鋭く答えを言ったトオンに、その場の全員の視線が集中する。

「四歳か、五歳くらいのとき。お袋が王城での仕事が非番で休みだったとき、古書店の店番をしながら俺を膝に乗せてくれて、そんな話を兄貴たちとしていたのを覚えている」

「あんた、覚えてたの。トオン」

「何となくだけど。そのあと学校に通うようになって文字を覚えてから、あのときわからなかった言葉を辞書で調べてさ」

その意味ではトオンは早熟な子供だった。

「許して良かったのかい、聖女エイリー。聖女を抱いた国王は相当な力を得ただろう」

ビクトリノの指摘に、エイリーは神妙そうな顔になった。

「あたしと契って得た力を、国王アルターがどう使うかに興味があったんです。彼は歴代国王の中ではそれなりに賢明だったから、獲得した力や幸運を何に注ぐのか見たかった」

聖女エイリーは更に、自分を犯した後の現国王アルターについて語る。

「彼はあたしと契って得た力と幸運で、結ばれるはずのなかった最愛の女性と結ばれたんです。つまりクーツ王子の母だった、元婚約者の貴族令嬢と」

「？」

トオンもカズンもビクトリノも、男三人はこの国の王家の事情は基本的なことしか知らず詳しくない。

だが、クーツ元王太子の婚約者だったアイシャはさすがに詳しかった。

「アルター陛下にはね、元々はベルセルカ王妃様ではなくて、次の中継ぎの聖女となることが決められていた婚約者がいたの。ふたりは深く愛し合っていたけれど、聖女の過酷な使命を負わせたくないからと言って、陛下は彼女との婚約を解消して公爵家に嫁がせている」

最愛の女性を手放したこの話は、カーナ王国の貴族社会では美談として語られている。

ところが、とエイリーは続ける。

「その元婚約者のご令嬢が公爵家に嫁ぐ前日、彼はご令嬢の実家に忍び込んで夜這《ば》いを仕掛けたんですよ。それで産まれたのが第一王子のクーツ王子ですね」

「……この国の法律はオレ詳しくねぇんだけどよ。国王なら公爵家の嫁を孕《はら》ませても許されるもんなの？」

「まさか！　王族だって重罪ですよ。ましてや自分が命じて結ばせた婚約を台無しにしたんですからね。……けど、ここに幸運が働いた」

令嬢の婚約者だった、当時まだ家と爵位を継ぐ前の公爵令息には愛人がいて、既に男子の庶子まで儲けていた。公爵令息は、愛人と庶子を認めるならば、己の花嫁の純潔が失われたことと懐妊を咎《とが》めぬという交渉を後のアルター国王と令嬢に対して申し出てきた。

ふたりはこれを受けて、結果として生まれたクーツは王子として王家が引き取り、王妃ベルセルカの実子と偽って公表し育てることになった。

「以降、公爵夫人になったご令嬢はずっと国王陛下の愛人でね。夫人が次に産んだドロテア嬢もアルター国王のお種ですよ」

「はあっ!?　嘘でしょ、あのふたり、じゃあ兄妹ってことじゃない！」

これはさすがのアイシャも知らなかった。

「うわあ。てことは、ドロテア嬢は俺の異母妹かあ……」

トオンも初めて知った事実に口元を引きつらせている。クーツも含め、母親違いとはいえろくな弟妹ではない。

「でも、その状況で、同じ父母を持つあのふたりが交際することを、よく国王も、令嬢の母親も許してたね？」

トオンの疑問に他の者も頷く。

「そこがあの人たちのおめでたいところ。実の兄妹が仲良くしてるところだけ見て微笑ましく思ってたんですからね。まさか恋愛関係になってるとは思わなかったみたい。結局、両親である陛下も公爵夫人も、王子たちが聖女アイシャを追放して、自分たちが婚約すると宣言したと後で聞いて肝を潰したでしょうよ」

「そんで？　アイシャが虐《しいた》げられる元凶を作った初代聖女エイリー様はその辺どう申し開きしてくれるわけ？」

まさに全員が聞きたくて仕方がなかったところに、ビクトリノが斬り込んだ。

「それについては、本当に申し訳なく思っております。あたしもまさか、ここまで王家が堕落してくるとは思ってもみなくて」

初代聖女のエイリーが建国の祖トオンと結んだ契約は『この地の穢《けが》れを引き受け、浄化する』こと。その仕事の遂行のため、初代国王には自分という聖女を大切にするという誓約をしてもらっている。

実際は都合よく使われてしまい、その上当時から勝手な解釈で抜け道を作られてしまったが、それだけだ。とても単純で素朴な契約といえる。

「あたしは、〝時を壊す〟の後、下げ渡された臣下の家から出て姿を消したの。歴史ではそれで初代聖女は亡くなったと記されてますわね」

うんうんと、この国の国民であるアイシャとトオンが頷く。子供の頃から習う基本的な歴史のエピソードだ。

「初代聖女エイリーが消えた後、カーナ王国側はどのようにしたのですか？」

カズンがこの国に入って調査して、結局よくわからなかったところがそこだ。

「あたしが聖女として〝時を壊す〟ができるかどうかは、最初のうちはわからなかったし、確証もなかったんです。だからトオン陛下は在位中にあたしの次の聖女の確保に動くようになったみたい」

ただ、と物憂げな顔になってエイリーが俯《うつむ》く。

「陛下からあたしにその手の相談というのがなかった。たまに国内の魔物退治の要請があるぐらいで、本人からは滅多に手紙も来なくて」

「うわあ。お袋、本当に捨てられてたんだ……」

呆然とトオンが呟く。以前アイシャから聞いたときにも驚いたが、当事者本人の口から聞くと本当に憂鬱な話である。

「あたしがあまりにも簡単に手に入ったから、あの人も後の王家も、すぐに次の聖女が見つかると思ったのね。もっともっと自分たちにとって都合の良い聖女たちが見つかるって。でも、力のある魔力使いほど打診されても断っていた。この国は退治した魔物や魔獣から魔石が取れるから建国初期からずっと裕福だけど、多額の報酬を提示しても断られていたわね」

ここまで聞くと、聖女アイシャに繋がる王家による聖女への所業の全体像が見えてくる。

「大陸の他の地域にいた聖女聖者たちは、そもそもカーナ王国には近づきもしなかったわ。強い魔力使いは皆そんな感じ。初代聖女エイリー《あたし》はもういない。それで王家が取った手段が……」

「賤民《せんみん》呪法で、聖女となり得る者たちを縛って利用した、でしょう？」

「そう。まだ未完成の子たちをね、国内から探し出してきて呪法で国に縛りつけた」

エイリーが割れた台座の魔導具を取り出し、テーブルの上に置いた。

「常に有力な聖女の卵が見つかるわけじゃないから……。次第に歴代聖女の魔力を蓄《たくわ》えて、素質持ちに聖なる魔力を授けて仮の聖女を作るようになっていったんです。あたしが最初にこれを作ったときは、そんな機能なんて付けてなかったのに」

「それ、あのクソ王子の部屋に置いてきたやつじゃないか。お袋」

「クーツ王子とドロテア嬢のことは侍従たちに任せてきましたよ。何とも哀れなことでした」

魔導具の作成者である彼女には、ある程度までは作った魔導具の使用状況や位置がわかる。

それで異変を察知して駆けつけたところがクーツ王子の私室で、そこで王子と恋人の公爵令嬢がこと切れていた。

エイリーはもちろん、初代聖女の立場からこのふたりに思うところがあるが、死者に鞭打つほど非情でもない。

死者の弔いの祈りだけ捧げた。その後は王城内の使用人の控室にいた侍従たちに異常を知らせてから、息子トオンのいる場所を目指してやってきたというわけだ。

「でも、お袋。お袋は初代聖女エイリーなんだろ。すごい聖女様なら、何でもっと早くこの国を何とかしなかったんだ」

まったくだ、とビクトリノもエイリーを睨んだ。

「聞いてるぞ、聖女エイリー。お前、ロータスからの忠告を聞かなかったんだろう？」

「ロータスの忠告？」

ここでビクトリノの口から、聖女ロータスの話が出てくるとは意外だったが。

聖女ロータスは、環《リンク》創成の魔術師フリーダヤのパートナーで、彼女自身も環《リンク》使いだ。現在、円環大陸で最強の聖女として知られている。ビクトリノは聖者として彼女の弟子でもある。

「五百年前、建国前のこの地でロータスに会っていたそうだな。そのとき、ロータスはお前に『あなた、あの男はやめておいたほうがいいわ』と言ったと聞いた。〝あの男〟とは建国の祖の初代国王のことだな？　……エイリー、お前だって〝聖女〟だろう。なら何で聖女の忠告を聞かなかったんだ」

「そ、それは」

「聖女や聖者が来てくれなかったんじゃない。お前自身が『聖女の忠告』を無視したから、カーナ王国に来なくなったんだ」

「だって。それは、まだあたしが聖女として完全に覚醒する前の話で」

「ここに来て、そんな言い訳が通ると思うか？」

「…………」

ビクトリノの詰問に、エイリーは項垂《うなだ》れた。

「そうじゃないかな、とはあたしも思ってました。何とかしようと頑張っても頑張っても成果が上がらなくて。じゃあもう国外に逃げてしまおうかとも思ったし、そう勧めてくれるお方もいた。……でも、国の穢《けが》れを浄化する聖女たちを残して見捨てることもできなかった」

「聖女エイリー。あなたはなぜ、そこまで初代国王にこだわったのです？　純潔を捧げたことがあなたにとって重大なことだったというのは僕にも理解できますが、後に聖女として完全覚醒した後のあなたなら、そこまで固執するほどのことでもないはずだ」

冷静に指摘してきたカズンに、ますますエイリーの背中が丸まっていく。

「だって……あの人は、……トオン様は本当に素敵な殿方で。あんなに美しい人をあたしは見たことがなかった。それが、こんな大女を可愛らしい、素敵な人だと褒めそやしてくれたんですよ。あたしはすっかり舞い上がってしまって」

五百年前、聖女見習いだったエイリーが建国の祖トオンに見初められたとき、彼女は男に縁のないまま三十路に入ろうという頃だった。当時の女性としては完全な行き遅れだ。

「き、きつい。最初、聖女エイリーの本当の話を聞いたとき、俺は何て馬鹿な女だって思ったんだ。でも実際、本当にとんだ馬鹿女だった」

「トオン。やめておけ、実の母親だぞ」

「実の母親だから言えるんだよ！」

話を聞いたトオンがすっかり呆れて、家族特有の遠慮のなさで暴言を吐いて隣のカズンにたしなめられていた。愛する息子にまで責められて、エイリーは涙目になっている。

「辛いわ。でもあたしだって頑張ったのに。何とか聖女や聖者たちの所在を掴んで手紙だって出した。でも芳《かんば》しい返事は誰からも貰えなかった。聖女ロータスにだって何通も何通も手紙を書いたわ。でも彼女、『気が乗らないからまたね』ってそんな返事ばっかり！」

「いや、文通はしてるのかよ！」

トオンの突っ込みは鋭く冴え渡っていた。

「もう何百年も聖なる魔力持ちは誰ひとり来てくれなくて。やっと教会経由で来てくれたと思ったら、こんな若手の魔力も小粒で弱い聖者でがっかり。あたしはどうすればよかったっていうの？」

「……まあ弱っちいと言われたらその通りなんだがよ」

と短い白髪頭を所在なさげにビクトリノが掻いている。

「いや待ってくれ、ビクトリノが『小粒で弱い』なんて言ったら、僕なんて……」

何やらカズンがぶつぶつと口の中で呟いている。

聖者というのは、魔力使いの中でも聖女と並んで魔力量の多い存在だ。その聖者であるビクトリノは、新世代の魔力使いの中では実力者のひとりのはず。

だが、そんなビクトリノすら弱いと言い切ってしまえる、旧世代の聖女エイリーの実力とはいったい。

「責任は取ります。この五百年、そのために魔力を蓄《たくわ》えてきたんですよ。そもそも聖女たちを必要とする原因の穢《けが》れさえ浄化してしまえば……」

初代聖女エイリーは彼女なりに、現在のカーナ王国や聖女たちの現状への己の責任の自覚と、果たさねばならない責務への覚悟を持っているようだ。

「私を生贄にして、強力な聖女であるアイシャにこの地の完全浄化を行ってもらえれば……」

「おっと、そいつは見逃せねえな。アイシャをよく見てみろ、エイリー」

「？」

そこで割れて壊れた台座の魔導具に何やら新たな魔力を込めようとしたエイリーを止めて、ビクトリノがアイシャを見るよう促《うなが》した。

アイシャはそのままソファから立ち上がる。腰回りには薄っすらと光る、光の円環がある。

「⁉ うそ、まさか……環《リンク》！」

「そういうこと。新世代の魔力使いは旧世代みたいな生贄を使う『代償方式』は用《もち》いない。他のやり方を考えてくれ」

「嘘……でも、でも、あたしはこのときのために頑張ってきたのに」

だがエイリーはすぐに我を取り戻し、向かいに座っていたアイシャに手を伸ばしてきた。

「い、いいえ、まだですよ。見たところその環《リンク》、まだ安定してませんね。それならまだ旧世代に戻れます、聖女アイシャ……！」

エイリーの身体から魔力が吹き出して、その長い豊かな黒髪が空中にうねりながら広がっていく。

「カズン、アイシャを守れ！」

「了解です」

アイシャを背後に庇《かば》い、ビクトリノとカズンがエイリーと対峙する。

ビクトリノが手に持っていた木の棒の先端をエイリーの首元に突きつけ、互いの距離を保つ。

「あたしの邪魔をするのですか？　なぜ？」

「アイシャやトオンの気持ちも考えてやってください、エイリー」

「ではどうしろというのですか。これがあたしにできる精一杯なんです。邪魔をするならあなたたちを退《しりぞ》けてでも、あたしは……！」

エイリーの蛍石の薄緑色の瞳が怪しく光る。

「いやいやいや。ちょっと待て。お袋……今のあんた、聖女っていうより絵本に出てくる悪い魔女だぞ？」

トオンの指摘に、その場の全員がハッとなって動きを止めた。

「……トオン、それ以上はいけない。実の母親を追い詰めて良いことなど何もないのだから」

「そうね。そこまでにしましょう、トオン」

「えっ？　これ俺が責められる流れ？　お袋じゃなくて？」

カズンだけでなく、それまで黙ってエイリーの語る言葉を聞いていたアイシャもトオンの毒舌を止めた。トオンは解せぬ、まだ言い足りないという顔をしていたが、己の母親が悔しさと情けなさで涙ぐんでいる顔をもっとよく見るべきなのだ。

「マルタさん。……いえ、エイリー様。下女のマルタさんの姿のあなたは思慮深い徳を積んだ老女だった。今の若い全盛期の愚かさを、年を取って克服したことがよくわかる」

「…………」

アイシャの言葉に、なるほど、とカズンは納得した顔になっている。

「だから私は同じ聖女として、あなたの味方でいたいと思います。あなたに言いたいことや聞きたいことはたくさんあるけどね。でも生贄儀式の片棒を担ぐのは遠慮します」

「アイシャ……」

きっぱり言ってのけたアイシャの澄んだ茶色の瞳には強固な意志が見て取れた。

残念そうな顔をしながらも、エイリーは攻撃的な魔力を収めた。

「可愛い息子とその恋人に諭されては仕方がない。……アイシャ。せめて王家の賤民《せんみん》呪法だけは消し去りたいの。協力してくれますか？」

「はい、もちろんです！」

国や王家から一方的に聖女の力を搾取されるというのでなければ、良いのだ。

たとえ国との契約に縛られるとしても、力ある聖女として、この国の国民として義務を果たすのはアイシャとしても本望だった。

「賤民《せんみん》呪法のことは、あたしも詳しくはわからなかったことなの。でも、王城で下女の仕事を続けながら、代々の聖女たちの様子がおかしくなってきたことには気づいていたんです」

その都度、エイリーは彼女たちに姿を見せて、浄化を施していた。

「だけど、あたしの聖なる魔力で浄化しきれない何かが残っていた。聖女の魔力で祓《はら》えないとなると、何か入り組んだ構造の呪術の影響の可能性がある」

「でも今まで五百年も放置してたんだろ。これまでずっと何やってたんだよ？」

「うぐぅ」

トオンの指摘がエイリーの胸を鋭く抉る。

「あたしはね……呪師じゃないのよ……聖女なの。あと持ってるスキルは魔導具師だけ。専門外なの、わからなかったのよ！」

「「ああ……」」

なるほど、とカズンとビクトリノの声が揃う。

魔力使いの世界は、基本的に魔力の〝量〟がすべてだ。量さえあれば大抵のことは何とでもできるが、向き不向きは当然ある。

「だけどね。二十年ちょっと前に次の聖女としてやって来た魔女ベルセルカが、王城の内部を調べる手助けをしてくれたんです。あんなに力の強い魔力使いが来てくれるなんて。アルター陛下はやはり強い運を持っていた」

「基本ステータスの幸運値が高そうな奴だったよな。９か１０ぐらいあるんじゃねえの？」

人物鑑定で見ることのできる基本ステータスには、体力や知力などに加えて、幸運値というものがある。１０段階評価で最低が1、最高が１０だ。

彼は自ら手放したはずの最愛の女を再び手に入れ、不倫の愛人関係とはいえ息子と娘に恵まれた。力のある有力な魔女ベルセルカを中継ぎの聖女として迎えることができた。

しかし現状を見れば、聖女エイリーを犯して得たアルター国王の幸運は、そこで尽きたように見える。

「魔女ベルセルカが、契約の台座が賤民《せんみん》呪法の触媒になっていると調べ上げてくれたのは、本当につい最近、アイシャが王都に来て国の聖女となった頃のことです。見えますか。ほら、ここにいくつも、元々の化石の台座に同じ化石の小さな楔《くさび》が刺さっているの」

割れた台座の魔導具を一同の前に差し出して、見るよう促《うなが》した。

確かに、台座の裏面、底の端に小さな楔《くさび》が複数刺さっているように見える。

「この小さな楔《くさび》は、この王都の地下の邪悪な古代生物の化石から切り出したものですね。台座に余計な術式を組み込むごとに一本ずつ打ち込んでいったのね。これをひとつずつ聖なる魔力で浄化して、引っこ抜けばいい……はず……」

「……エイリーさん。あなた、大丈夫なんですか。その様子じゃ立っているのも辛いのでは？」

台座の魔導具をテーブルの上に置いてやり方を説明してくエイリーに、カズンが冷静な指摘をした。よくよく見れば、エイリーは額に脂汗を滲ませて、息も荒い。

「お、お袋？」

「ダメよ！　……あたしの可愛いトオン。あたしに触っちゃダメ。送った腹巻きはちゃんとしてるわね？　それなら穢《けが》れの帯電は最低限に抑えられるから外しちゃダメよ！」

鋭く息子を制止したエイリーに、あっ、とアイシャとカズンが声を上げた。

「そ、そうよね、今、穢《けが》れが流れる先はトオンだけ。なのにちょっとピリピリくるぐらいで済んでるの、何でかと思ってたら！」

「……エイリーさんがトオンの分を引き受けていたのか……」

以前アイシャに触れたとき穢《けが》れの帯電に感電して酷い目に遭ったカズンからすると、これだけ近くにいるのにトオン経由で自分たちに穢《けが》れの被害がないのは不思議なことだった。

トオンだけではなく、アイシャとカズンも彼の母親、下女マルタから腹巻きを編んでもらっていた。

「そっか。これ、エイリー様の魔導具だったの……」

「ただの腹巻きにしか見えないのに。さすがだ聖女エイリー」

ふたりして思わず、自分の腹部を撫でてしまった。

「あれ？　でも、なら腹巻きのないビクトリノ様はどうなるの？」

「そこに気づいてくれたか、アイシャの彼氏君よう」

深刻そうな顔でビクトリノが溜め息をついた。

「すげぇビリビリくるわ。腰にくる」

「だ、大丈夫なんですか、ビクトリノ様!?」

「『こういうもの』だとわかって受け止めてれば、まあ何とか。しかし……これを受けて処理してたのか……カーナ王国の聖女は半端ねえな……」

この邪悪な魔力や穢《けが》れを、常時二名の聖女だけで処理し続けていたわけだ。そしてこの様子だと、エイリー本人も常に加わって補助していた。

「アイシャ、本当にごめんなさい。この穢《けが》れの帯電をある程度緩和する魔導具はとっくにできていたの。代々の聖女や聖者たちにも渡していた。でも、スカーフの形であなたに差し上げてたけど、あなたは付けてくれなかったわね」

「え⁉」

まさかの意外なことを言われて、アイシャは面食らった。だが、すぐに、下女マルタから貰ったスカーフのことを思い出した。

何ということのない白い綿の大判のスカーフを下女マルタから、刺繍をしたからと頂戴したのはもう何年も前のことだ。アイシャが教会から王城に来てすぐの頃だったろうか。

「スカーフ……ごめんなさい、エイリー様。あれは貰ってすぐの頃に、クーツ殿下に……や、破られちゃって……」

「くたばった後なのに、まだ出てくるのかあのクソ王子の所業はー！」

こればかりはトオンの憤《いきどお》りはもっともなことだった。魔導具の作成者のエイリーも、カズンもビクトリノも、アイシャ本人も、もはや何も言えなかった。

「……わかった。もしまだこの状況が続くようなら、教会本部から応援を寄越してやる。さすがにこの状況は放っておけん。……で、どうするんだ、その台座の処理は？　オレが見たところ、その台座経由からも穢《けが》れが渦巻いてるように見えるぞ？」

ここまで来たなら、自分の裁量で介入を決めても良いだろう。この後、聖女エイリーとアイシャ、ふたりに何かあった場合のことをビクトリノは請《う》け負った。

「建国の祖トオン様が亡くなってから、年々この国の穢《けが》れが強くなっていきました。その理由もあたしにはなかなかわからなくて……。でもこれを見てハッキリしました。この小さな楔《くさび》が……邪気を増幅させていたのね」

楔《くさび》自体が、邪悪な古代生物の化石から削り取って作られたものだ。新しく楔《くさび》を作るたびに古代生物の怨念を刺激して、邪悪な魔力と穢《けが》れを増幅させていたものと思われる。

台座の裏に打ち込まれている小さな楔《くさび》は、ざっと十数本はある。その数の分だけ、カーナ王家が国と契約する聖女たちに制約を課していたのかと思うと、ぞっとするような話だった。

「まずは一本」

エイリーが指先に聖なる魔力のネオングリーンの光をまとわせて、楔《くさび》を慎重に抜き取った。

その様子を、トオンもアイシャも、カズンもビクトリノも食い入るように見つめていた。

＊　＊　＊

「そういや、環《リンク》を出せるようになったんだよな、アイシャ。なら今は魔力が充実してるだろ。何か、今ここで気づくことはないか？」

「気づくこと、ですか？」

腰回りに再びアイシャの環《リンク》が顕現している。

環《リンク》特有の光はまだ不安定で、明るくなったり、薄暗くなったりを繰り返している。

そんなアイシャをじっと銀色の光る目でビクトリノが見つめている。

「環《リンク》の光を維持したまま、この国の邪悪な魔力や穢《けが》れに意識を向けてみろ。それでわかるようになる」

「…………………あ!?」

善悪、聖邪の区別がない。

そうだ。今、ここに穢《けが》れの流入先であるトオンや、負担を分かち合っている聖女エイリーがすぐ近くにいるにもかかわらず、帯電を軽減する魔導具の腹巻きをしているとはいえ、アイシャの知覚に苦痛がない。それどころか。

「わかる……わかるわ。白もない。黒もない。正しくもなく過ちもない。聖なるものも邪悪なるものもない……何も間違ってない。何もおかしくない。世界はこのままでありのまま完璧だわ！　そう、そうよ、これが世界の真の姿だわ！」

「正解！　じゃあいくぞ、ちょっとキツイけど踏ん張れよアイシャ！」

アイシャの環《リンク》にビクトリノが触れる。

ビクトリノの腰回りにも環《リンク》が顕現する。そのまま思いっきり魔力を流し込んだ。

「あ、あ、わ……ああ！」

瞬間的に、アイシャの環《リンク》が太陽のように眩しく光る。そして光量が安定した。ネオングリーンの聖なる魔力をまとって。

「よっしゃ、『聖女覚醒』！　こればっかりは先輩の聖女か聖者から伝授されねえことには無理だからな」

ビクトリノが満足げに言った。

「まさか聖女の覚醒の現場に立ち会えるとは。良いものを見せてもらいました」

カズンの胸元にもまた環《リンク》が顕現し強く光を帯びている。聖女覚醒の魔力の奔流の近くにいたことで、魔力の〝おこぼれ〟を頂戴した形になる。

「しかし、何とも不思議なことです。先ほどアイシャが言ったのが、聖女や聖者たちの見ている世界というわけですか？」

「そう。これこそが、聖なる魔力持ちのアドバンテージなんだ。覚醒するとすぐ世界の真理への理解が訪れる。特に環《リンク》使いの聖なる魔力持ちは早い。旧世代だと、ここまで至るにはちょっと時間がかかるよな」

これればかりは、執着を離れることが使いこなしの条件である新世代の環《リンク》使いならではの境地だ。

とはいえ、旧世代の聖女聖者とて、同じものを見ていることに変わりはない。

しかしエイリーのように執着が物事への歪んだフィルターとなると、話は別だ。道を見失い、選択を誤り、後まで残る悪影響をもたらすことがある。

「だがこの知覚は特に魔力が充実しているときにしか持てない。今のままならアイシャは薬でトリップしてるジャンキーと変わらん。聖女として見えている世界の真実を、ちゃんと現実まで落とし込んで万人に利益をもたらさねばならん。それを世界に期待されてる存在のことを聖女や聖者というんだからな」

「な、なるほど。だからまだアイシャは未覚醒だったわけですか」

「そういうこと！　だが、それには力が……魔力が必要だ。かなり。いや、ものすごく」

アイシャの聖女としての完全覚醒を、その頃には台座の楔《くさび》をすべて抜き終わっていたエイリーは唖然として見つめていた。

「嘘でしょ。覚醒ってそんなに簡単に……？　……………これだから新世代の連中は嫌いなのよ」

「まあそう言いなさんな。自力で聖女として覚醒できたお前が特別なんだよ、聖女エイリー」

ただ、最初から聖女ロータスの忠告を聞き入れていれば、とっくに彼女から伝授を受けて覚醒していたことだけは間違いない。

「さて。環《リンク》もそうだが、聖女に完全覚醒した今は万事に大当たり状態《ラッキータイム》だ。魔力も、気力も体力も充分だろう。さあ何をする？　聖女アイシャ」

ビクトリノがアイシャに答えを促す。

器に魔力が満ちたとき、聖女の世界はすべてがありのままで完璧だ。

だが、この浮世はそうではない。

これまで虐《しいた》げられてきたからこそ、アイシャにはよくわかっているはずだった。

人間の醜さ、自分勝手さ、傲慢さ、そして愚かさ。

それらを無視して、己だけがただひとり完全な存在であり続けることは、果たして正しいことなのだろうか？

「『汚泥に塗れてなお美しく咲き誇れ』。泥沼でも咲く蓮の花こそが、我ら聖なる存在の象徴だ。それが、自分も蓮の花の名を持つ聖女ロータスが確立した、聖女や聖者のあるべき姿なのさ」

「浮世離れしないで、ちゃんと人間社会の中で生きて役割を果たせというのが、魔術師フリーダヤと聖女ロータス系統の環《リンク》使いたちの教えなんだ。……まあ、修行を終えて一人前になれた後は、の話だが」

カズンの台詞が尻すぼみになる。

まさに今、現在進行形で修行中の彼には自分の言葉が返す刀でそのまま返ってくる。

それまで己の属していた社会から出奔して五年経つが、まだ環《リンク》使いとして半人前の彼は故郷に一度も戻れていない。

「……やっぱり、この国の土地特有の邪悪な魔力が足枷だと思うわ」

台座や、同じ素材でできた楔《くさび》を処分するため、エイリーの主導で王都の地下にある古代生物の化石への入り口を目指す。

王城内の庭園の一角に古代生物の化石の一部が露出している場所があるのだ。代々の王族たちはそこから楔《くさび》を切り出して、エイリーが作った台座の契約の魔導具に余計な設定を付加し続けてきた。

結果、自分の肉体の一部を削られた古代生物からの、邪悪な魔力や穢《けが》れを増幅することに繋がってしまった。


「う、うわ……」

「ピリピリくる、なんてものじゃないな」

そこは花の咲き乱れる小さな庭園だったが、初代国王と、彼に寄り添う初代聖女エイリーの像が建てられている。

像の台座部分は剥き出しの岩石だ。台座の魔導具や楔《くさび》と同じ素材のようである。

「これがその古代生物の化石？」

「そう。角の部分の一部と言われています」

庭園に入るなり、全身の毛が逆立つようだった。

「ここが、お袋が庭師の手伝いをしてたっていう庭なのか？」

「そうよ、あたしの可愛いトオン。まあ庭師なんていないんだけどね」

エイリーは下女を装って、五百年間ここの管理を行なっているのだ。

庭園の生垣には聖なる植物を多々植え、咲き乱れる花々の芳しい芳香で破邪の効果を発揮させている。

「王族とはいえ、ここに出入りは許していないから、この楔《くさび》を切り出したのは別の場所からか……」

エイリー単独では、王都の外まではさすがに目も手も行き届かない。

「エイリー様、これ」

「ええ、像の前に置くだけで大丈夫。それで勝手に融合するから。像の台座には触れないようにしてくださいね」

アイシャが台座の魔導具と、引き抜いた小さな楔《くさび》たちを像の前に置くと、それらが像の台座の石に引きつけられてそのまま消えていった。

すると少しだけ、この場の全員が身体に感じていた刺激の負担が和《やわ》らいだ。

「この地の邪悪な古代生物を浄化することは、古い時代から魔力使いなら誰でも考えることだったの。でも如何せん巨大すぎる、質量が濃すぎるで。邪悪な魔力と穢《けが》れに対抗できる莫大な魔力の当てがどこにもなかったんですよ」

「……自分以外から魔力を調達する環《リンク》でもダメなのかしら？」

アイシャが後ろを振り向いてカズンたちに尋ねてくる。

「世界の外である〝虚空〟からなら、無尽蔵の魔力が得られるとされている。だが虚空にアクセスするにもまた莫大な魔力が必要なわけで」

だから新世代の環《リンク》使いたちは結局、旧世代の魔力使いと同じ修行をして己の力を高めるしかなかった。カズンもその修行のため円環大陸を旅している一人だ。

「アイシャ、今のお前の充実した魔力ならどうだ」

邪悪な古代生物の化石の近くにいても、アイシャから噴き出している聖なる魔力で何とか全員、穢れから身を守ることができている。

「……足りないわ」

環《リンク》に覚醒した。聖女に覚醒した。今は覚醒したてで莫大な魔力に溢れている。

だが、まだ足りない。大河のような魔力が必要なのに、バケツひとつしか手元に持っていなかったような気分だ。

「環《リンク》を発現させたなら、旧世代の代償方式は無理よね……厳しいですね」

「いや、聖女なら切り札があんだろ。なあ、聖女エイリー」

「…………」

ビクトリノの指摘に、エイリーは何かに思い至ったようで、彼を強く睨《にら》みつけた。

「初代聖女エイリーは己の純潔と引き換えに、建国の祖に英雄に等しい力を授けたそうだな。同じことをすればいい」

この場合、純潔を捧げる相手は魔力持ちなら誰でもいい。

この場に異性の魔力使いはビクトリノ、カズン、そして少ないが魔力を持っているトオンがいる。誰を選んでも良い。

相手は〝英雄〟となって破格の力を得る。その力でこの国の邪悪な魔力や穢《けが》れを斬ればいい。

この世界で聖女は純潔であればそれに応じた力を、誰かの恋人や妻となれば相手を英雄に、そして母となれば子供に優れた資質が現れると言われている。

もっとも、既婚者となり子供まで持つ聖女などほとんど例がない。そのため、ただの言い伝えのようなものだったが。

一方、聖者ビクトリノの爆弾発言に、難しい顔をしてアイシャは像の台座の化石を見つめていた。

そしてすぐさま、目を閉じて深い深呼吸をした。

ゆっくりと大きく息を吸い、そして吐く。吐ききったとき開いた澄んだ茶色の瞳には、もう迷いはなかった。

「環《リンク》使いが代償を差し出してはならないだなんて、誰が言ったの？」

「！」

やられた、とカズンは思った。

その発想はカズンたち新世代の魔力使いからは出てこない。

そもそも環《リンク》は、力を求めるあまり自分の視力すら捧げて失ってしまった聖女ロータスに、魔術師フリーダヤが悲しみ絶望したことがきっかけで生み出されている。

その環《リンク》のオリジナル・ファミリー所属のカズンともなれば、なおさらだ。隣を見るとビクトリノも驚いたように目を見開いている。

「でもアイシャ、じゃあ何を代償にするんだい？」

「純潔は大事な人のために取っておきたいから、別のものにするわ。そうね、私にできること、差し出せるもので大きな〝力〟となるもの……」

少し考えて、すぐにアイシャはこれだと頷いて、宣言した。

『我が名は聖女アイシャ。私はこのカーナ王国に骨を埋めるわ』

直後、アイシャの胸元が虚空と繋がった。虚空はアイシャの腰回りの光の環《リンク》と連結して銀河の渦のような魔力を発生させる。

まるで世界が変わる瞬間を目撃するかのような出来事だった。

まさに異次元級の魔力がアイシャの環《リンク》に集まり続ける。そのまま、像の台座になっている邪悪な古代生物の化石に左手で触れた。

『この力をもって、邪悪な魔力と穢《けが》れを聖なる魔力へと転換する』

カーナ王国の地に溢れている邪悪な魔力を聖なる魔力に転換する魔法を、環《リンク》を通じて行使する。

邪気を正気に変換する術はあるが、国家規模で行うほどの力量を持った魔力使いはこれまでいなかった。

王都の地下にある邪悪な古代生物の発する邪気が、端から性質転換していく。

「聖女アイシャ……凄まじいな」

まさかこんなにも簡単に、アイシャが己を国に捧げてしまうとは思わず、カズンは呆然と呟いた。

アイシャが言った『骨を埋める』とは即ち、自分は今後ずっと死ぬまでカーナ王国の聖女であり続けると宣言したも同然。

つまりアイシャは自分のすべてを代償にして、力を得るための生贄とした。

これほどの力を得たとなれば、今後カーナ王国を出ることは叶わなくなるだろう。

「なに人ごとみたいに言ってるの、カズン。あなたも来なさい。今まで美味しいごはん《魔力》をありがとう」

「……気づいてたのか？」

カズンが、魔力の増える食事を作っていたことに。

「そりゃあね。だって私、あの建物に来てあなたたちに出逢った頃、もう少しで死ぬところだったのよ」

あの、古い赤レンガの建物にアイシャが辿り着いたとき。魔物の大侵攻《スタンピード》との七日に渡る激戦の後、休みも取らず王都に帰還したばかりだった。

そして労《ねぎら》いも何もないままクーツ王太子から冤罪で断罪され、婚約破棄、追放と続いた。

あの状況と状態で、二月の寒空の下をよく辿り着けたものだと思う。

そして出された食事は、茹で卵とチーズのサンドイッチ。温かな野菜入りのミルクスープ。消耗しきった心と身体に染み入った。

乳製品を効果的に使った料理が魔力を回復させるものだったとアイシャが気づいたのは、だいぶ後のことではあったが。

それにカズンは料理を作り置きすることはほとんどなく、いつでも新鮮な素材を中心に、必ず作りたて出来たての温かい料理を出してくれていた。

それもまた、魔力や生命力を増やすための地味だが効果的なやり方だった。家庭でなら、料理を作る一家の主婦たちなら誰でもやっている、家族の健康のための工夫のひとつだ。

さあ、とアイシャがカズンに伸ばした小さな手を、だが取ったのはカズンではない。

「トオン？」

横からトオンが奪って、両手で握り締めてアイシャの澄んだ茶色の瞳を見つめた。

「アイシャ。なら俺も君に約束しよう。俺も君と一緒に骨を埋めてもらうよ」

ハッとしてカズンやエイリー、ビクトリノがトオンを見ると、彼の周りに環《リンク》が光っている。

その位置は胸元。人と人の繋がりを象徴する位置だ。

「トオン、いつの間に」

「聖女アイシャに聖者ビクトリノ、それに魔術師のカズンさん、……母親のあたしも含めて、これだけたくさんの魔力に触れたのですもの。ふふ、旧世代《あたし》の聖女の息子なのに、新世代の魔力使いになったんですねえ」

しみじみ呟くエイリーの隣では、ビクトリノが大笑いしている。

「すげえなアイシャの男は！　『一緒の墓に入ろう』ってことだろ!?　本命の女に捧げるにゃ最高のプロポーズじゃないか！」

運命の告白を目撃したビクトリノは大ウケして大喜びだ。

彼はこういう男女の良い話が大好物なのだ。かつて他国で教会の司祭となったのも、教会に恋愛や結婚相談に来る人々の話を聞きたかったからとの噂まであるほど。

「ええ。プロポーズってのはもっとこう、ロマンチックな台詞じゃないんですか。『いつまでもあなただけを待ってます』とかの」

「そりゃお前が故郷で言われたやつだろ？」

「…………」

図星だ。カズンは口ごもる。

「しかしだな。てことは、聖女アイシャは旧世代と新世代の掛け合わせか《ハイブリッド》。史上三人目の快挙じゃん」

一人目は聖女ロータス。

二人目は魔法魔術大国のカズンの故郷にいる聖剣の持ち主。

そしてここに三人目の誕生だった。


「じゃあ、アイシャ。せっかくだから僕の魔力も使うといい」

トオンに握られたままのアイシャの手の上に、カズンはそっと自分の手を乗せた。カズンの胸元の環《リンク》が輝く。

「うむ、ならオレの魔力も持ってけ、アイシャ」

ビクトリノもまた、筋張った大きな手を上から重ねた。彼の腰回りの環《リンク》が強く輝く。

「エイリーさん？」

残るひとり、聖女エイリーは動かない。

あなたはどうするのか、と黒く光る瞳でカズンはエイリーの蛍石の薄緑の瞳を見つめた。

「あ、あたしは旧世代の魔力使いですよ！　環《リンク》なんて使えませんし、使いたくも……」

「お袋。こういうときはさ、何かそれっぽい感じで自分の手、重ねておけばいいんだよ」

「と、トオン……！」

家族ならではの遠慮の無さでたしなめてくるトオンに、エイリーは項垂《うなだ》れた。

この可愛い息子はわかっていない。旧世代の魔力使いにとって、執着を捨てさせる新世代の環《リンク》は脅威だ。

だってエイリーは、初代国王トオンへの愛憎の果てに聖女へと完全覚醒したのだ。利用されて捨てられても、大事にされなくなっても、ついには手紙ひとつ送られてこなくなっても、……本人が死んでしまってからも、エイリーはあの美しい男を愛し続けた。

(トオン。あたしの可愛い可愛い息子。あの人そっくりの子)

かつて愛した男と、瞳の色以外は同じ顔をした愛しい息子が、エイリーを馬鹿な女だと、現在まで続いた王家の悪業の元凶だと責め立ててくる。

(あたしの執着《あい》もここまでか)

諦めたような溜め息をついて、エイリーは目を瞑り、深く息を吸った。

そしてその蛍石の薄緑色の瞳が開くと同時に息を吐き、次の瞬間には瞳と同じ輝きの環《リンク》が腰回りに現れた。そして辺り一帯に沈丁花のような芳しい芳香がいっぱいに広がった。聖女エイリー特有の聖なる芳香だ。

「お袋……え、環《リンク》使えるのかよ!?」

「あたしが何年生きてると思ってるの。やり方だけはちゃんと知ってたの。ただ、使いたくなかっただけで」

どうしてもどうしても、己の執着《あい》を捨てられなくて、ついには五百年もの長い時間が経ってしまった。

「…………？」

エイリーが環《リンク》を顕現させてすぐ、カズンは自分の胸元の環《リンク》が反応しているのがわかった。

(何だ？　僕の人物鑑定スキルが反応しているのか？)

本来なら、対象者本人の許可がなければ鑑定スキルは使えないことが多いのだが、環《リンク》が反応したということは見るべき必然ということだ。

無言のまま、じっとその黒い瞳でエイリーを見つめる。すると。

(ば、バッドステータス欄に〝飯マズ〟があるじゃないか！)

現在、カズンの持つ人物鑑定スキル中級ランクでは、人間の持つステータス欄の各項目の解説や補足も読み取れる。アイシャに仕掛けられていたおぞましい呪詛、賎民《せんみん》呪法もこのスキルで読み取って判明したものだ。

聖女エイリーのバッドステータス欄の〝飯マズ〟には、『調理した料理がすべて不毛な味になる呪い。聖女であるにもかかわらず誠意のない男を愛し純潔を捧げたことのペナルティ。解除不可。(元は料理上手で美味しいもの好き)』とある。

(つまりトオンのあの激マズ飯はエイリーからの遺伝。恐るべし……)

ちなみに、調理スキル持ちには裏ステータスとして〝飯ウマ〟〝旨マズ〟〝飯マズ〟の主に三種類がある。冗談のような本当の話だ。

調理スキルがあるからといって美味しい料理が作れるとは限らないという、何とも微妙なスキルオプションである。

（ん？　待てよ、エイリーさんの飯マズが呪いで遺伝というなら、トオンのバッドステータスは解除できないということか？）

後で絶対にトオンを人物鑑定してやろうと思いながら、カズンは意識を目の前のアイシャたちに戻した。


環《リンク》を顕現させたエイリーは、そのまま腕を伸ばしてアイシャたちの手の上に自分の手も重ねるかと思われたが。

予想に反し、エイリーの手はアイシャの環《リンク》を掴んだ。

「え、エイリー様!?」

「聖女アイシャ。あたしのこと、許してなんて言えないけど……ああ、でもあなたなら大丈夫か。最後にこれだけ言わせてくださいね。――あたしの可愛いトオンを泣かせたら許さないからね」

ありったけの力を、掴んだアイシャの環《リンク》に注ぎ込んで、最後に思いっきり凄んでからエイリーは身体の端から陽炎のように空中に溶けて消えていった。

「お、お袋！　そこは『あたしの可愛い息子と仲良くね』とかよろしくねとか、そういうこと言うところだろ!?　なに逃げてるんだ、お袋！　エイリー！」

小さな庭園にトオンの叫びが響き渡る。

「お袋！　お袋ってば！」

「トオン。もう無駄だ。エイリーさんは……」

カズンが、エイリーが消えた後に残った、彼女が身にまとっていたローブなどの衣服や靴、魔導具らしき装飾品を示した。

それらを見て、トオンの顔が絶望に染まる。

「いや、嘘だろ！　何でこんなあっさり⁉　五百年も生きてる初代聖女だっていうなら、本人がいなくてどうするんだ！　この後の後始末は誰がやるんだよ⁉」

エイリーが『自分を生贄に』などと言い出した時点で、予想していた結末ではあった。

それからどれだけトオンが呼び続けても、聖女エイリーが再び姿を現すことはなく。

やがてアイシャやビクトリノによる辺り一帯の浄化が一通り終わってからも、やはりエイリーが現れることはなかった。

＊　＊　＊

そこからの展開は早かった。

自らも環《リンク》を発現させたトオンは、人生のとても重要な選択をした。

それは、契約の魔導具の台座で国の聖者となり、愛するドロテア嬢と穢《けが》れの負担を分かち合った後すぐ亡くなってしまったクーツ王子の身代わりとなることだった。

そう。穢《けが》れの流入で死んだ国王アルターの跡を継いで、新たなカーナ王国の国王となったのだ。

国王アルターの死は突然の病死として発表された。

クシマ公爵令嬢ドロテアも、伝染病で隔離された後に亡くなったという理由で同じように国民たちに告知される。

そして〝グーツ新国王〟としてトオンが即位する戴冠式まで僅か二週間。

傍観者としてすべての事情を把握していた宰相がハイスピードで動き、手配した結果だった。

そのトオンの隣には王妃として、国の聖女に復帰したアイシャが当然のように寄り添っていた。


「僕もまだ修行中で。使命を果たすには力がいるから、そのために旅して回っていたんだ。そろそろまた旅に戻るよ」

カーナ王国への滞在の最後の夜に、カズンはアイシャやトオンに自分の旅の本来の目的を語った。

即ち、五年前、故郷アケロニア王国で発生した邪悪な錬金術師との戦いと、その被害についてを。

カズンは先々王だった、当時老齢だが健在だった父親を殺され、大事な形見を奪われている。

故郷に甚大な被害を及ぼした邪道に堕ちた錬金術師を、カズンはもうずっと円環大陸中を追い続けていて、まだ見つけることができていない。

「そっか。人探しをしていたんだね」

「ああ。捕まえて……この手で滅しない限り、僕は故郷にも帰れない。だから力を得るために誓いを立てた」

カズンの場合はアイシャのように代償を捧げるのではなく、誓いを立てることで力を得ている。

故郷にいたときに環《リンク》を発現させたそうなのだが、光も弱くなかなか安定しなかったらしい。

そこで、『逃げた敵を追って捕縛し滅するまで故郷に帰らない』との誓いを世界の外の〝虚空〟に向けて発したことで、環《リンク》を通して使える力を得たという。

「あなたが私に作ってくれた美味しい美味しい魔力の分だけ恩《ごはん》があるわ。魔力が足りなくなったらまたカーナ王国に来て。たっぷりお返ししてあげる」

そう言うアイシャから、カズンは今回の礼にと、環《リンク》を通じて魔力を分けてもらったのだった。

「もう行くの？」

「ああ。僕にはやることがある。アイシャ、お前に貰った魔力は有効活用させてもらうよ。ありがとう」

と言って、王城を出て旅に戻っていったカズンを見送ったトオンとアイシャに、緊急の来客の来訪を侍従が告げにきた。

＊＊＊

「カーナ王国の新国王陛下並びに王妃陛下にご挨拶申し上げます。私はアケロニア王国より参りましたリースト侯爵ヨシュアと申す者で……」

ネイビーのラインとミスラル銀の装飾の入った白い軍服とマント姿の、目を瞠るほど麗しい青銀の髪の青年が、山ほどの貢ぎ物を携《たずさ》えて王城へやって来た。

白い美貌の顔には、あまり似合っていない黒縁の眼鏡がある。彼の容貌なら銀縁フレームのほうが似合いそうなものだが。薄水色の瞳の虹彩の中には銀の花のような模様がある。この世界では魔力が格別強い者はこういった特徴ある瞳を持つことがある。

アケロニア王国は、円環大陸の北西部にある魔法と魔術の国だ。先ほど王城を出て旅に戻っていったばかりのカズンの故郷である。

「我が国の王族カズン・アルトレイがカーナ王国で大変世話になったと聞きまして。それで、彼は何処《いずこ》に？」

「カズンならもうここを出ましたよ。ほんのついさっきね」

王妃の聖女アイシャが伝えると、リースト侯爵ヨシュアは眼鏡の奥の薄水色の目を大きく見開いた。

「え⁉　……失礼、このまま辞去のご無礼をお許しください！」

そして慌てたように、来てすぐまた帰っていったのだった。

「あら、鮭だわ」

沢山の貢ぎ物の中から荒縄で吊るされた鮭を見つけて、アイシャが掴んで吊り上げる。

貢ぎ物の中には、高級チョコレートの大箱もいくつか積み重ねられている。

「じゃあ、あれがカズンの故郷の幼馴染みかあ。すごい迫力美人だったね」

「こんなところまで追いかけてくるのだから、よっぽど仲良しなのね」

この鮭が最高の美味であることを、アイシャもトオンも知っている。今夜はこれで、王城のシェフにサーモンパイを作って貰おう。

「私が作ってもいいわよ？」

「え、君って料理できたの？」

「ずっとカズンが作るところ見てたもの。できる気がするわ！」

「……それって物語だとさ、お約束の結末が待ってると思うよ？」

失敗というお約束が。

「心配なら、この鮭はしばらく寝かせておくのが吉ね」

「？」

結局その日もその後も、麗しの侯爵が持参した鮭をトオンが食べることはできなかった。

そうして忙しい日々を過ごすうちに鮭のことなど忘れてしまったのだが、このときのアイシャの言葉の意味が判明するには半年後を待たねばならなかった。


それから半年後。

カーナ王国の王都、南地区の外れの赤レンガの建物にて。

一階は古書店、二階は安宿。ここの店主はしばらく留守にしたと思っていたら、昨日ひょっこり帰ってきたばかりだ。

しかも小柄な若い黒髪の女の子を恋人として連れて。

彼はこれまで、優しげではあってもどこか自信なさげな金髪の青年だった。けれど恋人ができてからというもの、以前より落ち着きが出てきたと、ご近所さんの間では評判である。

ここの古書店内の売り物である古書は、半分近くが魔法書、魔術書の類だった。

客も実は魔力使いが大半だったことを知るのは、王城の小さな庭園でアイシャが王都地下に眠る邪悪な古代生物の浄化を行った後、カズンが種明かしをしてくれたことで判明した。

トオンが子供の頃から親しんでいた絵本ですら、名のある魔法使いや魔術師たちが書いた本だったのだから、驚きである。

新世代の魔力使い、環《リンク》使いとして覚醒したトオンには、まさに宝の山だったのだ。


死んだクーツ王子の身代わりとして国王となったトオンには試練が待っていた。

新聞で掲載されていた『聖女投稿』により悪業が知られてしまったクーツ王子を、国民は決して許さなかった。

本人に扮したトオンが公式に被害者である聖女アイシャに誠意をもって謝罪して王妃に迎えても、もう国民感情が宥《なだ》められることはなかった。

結果として、即位したばかりのクーツ国王は僅か半年で王位から引き摺《ず》り下ろされた。

かつてアイシャがクーツ王太子から偽聖女の冤罪を突きつけられ、婚約破棄と追放を告げられたのと同じく王城内の広間でのことだった。

結果、カーナ王国は現在、王政国家から君主を持たない共和制へと転換の途上だった。

そして、夫が退位するなら王妃の自分もお役御免であると言って、聖女にして王妃アイシャも〝グーツ元国王〟の追放に寄り添うべく付いてきた。

ということにしてある。

「いいねえ。これで負の遺産が山盛りの王家は解体。身代わりの俺もお役御免。また悠々自適の古書店の店主生活さ」

「ふふ、あなたこうなることがわかってたの？」

「さて、それはどうかな」

微笑むトオンの胸元には、薄っすらと環《リンク》が光って浮かんでいる。

「ねえ、昨日は外で食べたけど、今日のご飯どうしようか。調味料はあるけど食材の買い出しに行かないと」

「ふふふふふ。それは心配ご無用なのよ。……見て！」

アイシャの腰回りに環《リンク》が光る。

半年前はカズンも入れて三人で囲んでいた食卓の上に現れたのは、何と焼きたてのお魚さんの形をしたサーモンパイだ。赤ワインソースまで熱々で添えられている。

そしてチキンスープ。カットされたスティック野菜の詰まったグラスに、ドレッシングの入った瓶の数々。

「私のありったけの余剰魔力と引き換えに、カズンにここで料理を作っておいてもらったのよ。しかも環《リンク》内のアイテムボックスに保存しておけば、熱々は熱々のまま、冷たいものは冷たいままので

きたてホヤホヤのまま時間経過なしで保存できる！」

「あ、アイシャ！　君は天才か……!?」

「でしょ？　でしょおおお!?　しかも環使《リンク》いは同じ系統のグループの仲間だと、環《リンク》を通じて互いに遠く離れていても物品を送り合うことができるのよ。ということはー？」

ああ、わかる。同じ系統の魔力使いとして環使《リンク》いになったトオンには、アイシャの真意が手に取るようにわかる。

「ストックが無くなっても、カズンから新しいごはんを送ってもらうことができる！」

「大当たり！　そんなわけで、カズンの幼馴染みの美人侯爵さんから貰った鮭もすべてカズンに送付済み！　ということはー？」

「美味しいご飯になって戻ってくる！」

「その通り！　その通りー！」

飯マズ？　料理が不得意？　それがどうした！

美味しいご飯が作れないなら、作れる者に作ってもらえばいいのだ！

実際はふたりの食生活を心配したカズンが自ら申し出て、この国を出る前に時間を割いて作ってくれていたもの。在庫も毎日食べてせいぜい一週間分ぐらいしかなかった。

それに過酷な使命を帯びて旅を続けるカズンに、そう安易に食事を作り続けさせるわけにもいかない。

けれど種明かしは後でもいいだろうとアイシャは思った。

カズンからは「トオンの飯は不毛な不味さだからお前が頑張れ」と言われて、後に料理上手な人物をカーナ王国まで寄越してくれるとの約束を貰っている。

(ふふ。カズンのお師匠様ならきっと優しくて面倒見のいい女の人ね。年上のおばあちゃまみたいな人なのよ、きっと)

そんな己の予想は完全に外れてとんでもない人物がやってくるのだが、今のアイシャにはまだ想像もできない未来のことだ。

そうして、あの料理上手な黒髪黒目の青年を思う存分に偲《しの》び、お腹も膨れて幸せな気分いっぱいになった後は。

ふたり、赤レンガの建物の中で、いつまでも寄り添っていた。

新＊感＊覚　ファンタジー！

# Regina レジーナブックス

レジーナブックス Regina

**青春したいだけなのに!**

## 悪役令嬢に転生したけど、婚約破棄には興味ありません！
～学園生活を満喫するのに忙しいです～

**古里《ふるさと》**
**イラスト：11 ちゃん**

公爵令嬢のフランは、自分が前世プレイした乙女ゲームの悪役令嬢に転生したことを思い出す。しかしストーリーはほとんど覚えていない！　前世で学校に通えていなかった彼女は、悩んだ末にゲームのことは放置し、憧れていた学園生活を満喫することを決意した。しかし、ゲームヒロインの聖女が婚約者のアドルフを狙っているようで、何かとちょっかいをかけてきて――？　はちゃめちゃ学園ラブコメディ、開幕！

詳しくは公式サイトにてご確認ください。

https://www.regina-books.com/

携帯サイトはこちらから！

この作品に対する皆様のご意見・ご感想をお待ちしております。
おハガキ・お手紙は以下の宛先にお送りください。

【宛先】
〒150-6008 東京都渋谷区恵比寿 4-20-3 恵比寿ｶﾞｰﾃﾞﾝﾌﾟﾚｲｽﾀﾜｰ８F
（株）アルファポリス　書籍感想係

メールフォームでのご意見・ご感想は右のＱＲコードから、
あるいは以下のワードで検索をかけてください。

アルファポリス　書籍の感想　検索

ご感想はこちらから

本書は、「アルファポリス」（https://www.alphapolis.co.jp/）に掲載されていたものを、
改題、改稿、加筆のうえ、書籍化したものです。

# 婚約破棄《こんやくはき》で捨《す》てられ聖女《せいじょ》の私《わたし》の虐《しいた》げられ実態《じったい》が知《し》らないところで新聞投稿《しんぶんとうこう》されてたんだけど～聖女投稿《せいじょとうこう》～

真義あさひ（まぎ あさひ）

2023年 7月 5日初版発行

編集－本丸菜々
編集長－倉持真理
発行者－梶本雄介
発行所－株式会社アルファポリス
〒150-6008 東京都渋谷区恵比寿4-20-3 恵比寿ｶﾞｰﾃﾞﾝﾌﾟﾚｲｽﾀﾜｰ8F
TEL 03-6277-1601（営業） 03-6277-1602（編集）
URL https://www.alphapolis.co.jp/
発売元－株式会社星雲社（共同出版社・流通責任出版社）
〒112-0005 東京都文京区水道1-3-30
TEL 03-3868-3275
装丁・本文イラスト－蓮深ふみ
装丁デザイン－AFTERGLOW
（レーベルフォーマットデザイン―ansyyqdesign）
印刷－図書印刷株式会社

価格はカバーに表示されてあります。
落丁乱丁の場合はアルファポリスまでご連絡ください。
送料は小社負担でお取り替えします。

ISBN 978-4-434-32205-1 C0093